Auf der Kippe

AF221476

Klaus Ebner

Auf der Kippe

Prosa

Bibliografische Information der Deutschen Nationalbibliothek:
Die Deutsche Nationalbibliothek verzeichnet diese Publikation
in der Deutschen Nationalbibliografie; detaillierte bibliografische
Daten sind im Internet über http://dnb.dnb.de abrufbar.

© 2020 Klaus Ebner, www.klausebner.eu
Covergestaltung: Klaus Ebner, unter Verwendung eines Bildes
von Gerd Altmann auf Pixabay, www.pixabay.com
Erstausgabe: Arovell Verlag, Gosau-Salzburg-Wien 2008
Alle Rechte vorbehalten.

Herstellung und Verlag: BoD–Books on Demand, Norderstedt
Printed in the European Union
ISBN: 978-3-751959926

abendlich

Ganz still musste es sein, die Lampen ausge-
knipst, bis auf die eine, die den Tisch erhellte,
wo er, geradezu heimlich, weil niemand davon
wusste, die Bücher stapelte, die zuvor noch im
Regal gestanden, und er setzte sich nieder,
rückte mit dem Stuhl ganz nah zur Tischkante
und vergrub das Gesicht in den Handflächen,
um zu verschnaufen und sich auf das, worauf er
sich den ganzen Tag gefreut hatte, vorzubereiten, er atmete tief ein, schloss die Augen und
öffnete sie wieder, nahm die Hände vom Antlitz
und wandte sich dem Stapel zu, der, wie er
schmunzelnd meinte, im Grunde doch nur eine
Menge Papier anhäufte, doch dieses Papier,
wovon er so viel besaß, lag ihm sehr am Herzen,
immer noch, nach den vielen Jahren, während
der kaum eine Stunde Zeit zum Lesen oder gar
zum Schmökern gewesen war, er öffnete den
Deckel des zuoberst ruhenden Buches, strich
mit den Fingern über das Papier, fühlte die
sacht eingedrückten Vertiefungen des Druckes,
blätterte weiter und führte, in einem Augenblick
momentaner Sinnlichkeit, den Band zur Nase
und roch daran, schnupperte, als gälte es, das
längst verloren Geglaubte wiederzuerkennen,
sich in die Tage zwischen Studium und Lektüre
zurückzuversetzen, aber dann legte er das Werk
neben die anderen, zog ein dünnes Bändchen

aus dem verbliebenen Stoß, die lyrische Jahressammlung eines der Renommiertesten, dessen Texte er hin und wieder hervorkramte, um darin zu versinken und den Zwängen, die sich über die Jahre aufgebaut hatten, zumindest für einen Wimpernschlag zu entfliehen, und abermals lächelnd wendete er Seite um Seite, sprang ganz nach hinten und wieder vor, denn es gefiel ihm, der plötzlichen Eingebung seiner Empfindungen nachzugeben, Sätze entlangzuschreiten und an einem bestimmten Wort hängen zu bleiben, sich zurückzulehnen und den Gedanken freien Lauf zu lassen.

aufmerksam

Nur zum Spaß halte er Ausschau nach den Geschäftsleuten, eingeschnürt in knallhartes Kragenhemd mit Streifsakko, und als Mascherl ein gordischer Krawattenknoten, immerhin wähne er nicht nur sich selbst verrückt, sondern wisse, dass diese Stadt ein unbändiges Gespür zur Brut von schrägen Geistern habe, und so klammerte er sich am Türpfosten fest, schnellte mit dem Kopf einmal vor und pendelte danach zwischen Passage und Gasse, um den Fluss der Fußgänger zu beobachten, besonders deftige Exemplare herauszufischen und dem Mikroskop seiner nimmersatten Neugier zuzuführen, er habe schließlich ein Recht darauf, den Vorgängen in seiner Nachbarschaft auf den Zahn zu fühlen, verrieten sie doch Gemeines, das nicht nur für ihn, sondern den gesamten urbanen Verwaltungsapparat von Bedeutung sei, dabei denke er gerade einmal an die Auswirkungen auf eine Reihe von Gebührensätzen, aber er sei durch-aus bereit, sein eigenes Feuer, das im Herzen ungeschlacht loderte, hintanzustellen, das heißt: auszudämpfen, bis nur mehr winzigste Flämmchen es wagten, ihr Licht aufzublenden, damit Berufenere die Vorlage aufgriffen und ihre eigenen Schlüsse zögen, wiewohl diese kaum einen Millimeter von seiner beizeiten auf einer Serviette formulierten Analyse abweichen dürften, versicherte er, rümpfte die Nase und sprach anschließend von der Gruppe der Jungen, der Studenten, die sich durch ganz typische Schrittlängen (und nicht etwa die Trinkgewohnheiten) bemerkbar machten, von denen er selbstverständlich jede einzelne genauestens examiniert und verinnerlicht habe, um, sofern ein behördlich ermächtigtes Gremium ihn dazu aufforderte, Bericht zu erstatten, was seiner selbstgewählten und in keinem Lexikon der Welt vermerkten Tätigkeit eine goldene Krone aufsetzte.

augenzwinkernd

Weil es so viel Aufsehen erregte, wenn ich mit beiden Nasenflügeln ähnlich einem Landpferd, das seine Nüstern aufbläst, vibrierte und die Luft in regelmäßigen Stößen, welche mein Umfeld augenblicklich zum Totlachen brachten, auspfiff, um den Kellner davon zu überzeugen, wie viel vernünftiger es wäre, die Zeche wie bereits in den vergangenen Tagen anzuschreiben und unsere Gruppe von hinnen ziehen zu lassen, damit nächtens, beim Mitternachtsgeläute der großen Kathedrale, das prachtvolle Schauspiel abertausender funkelnder und glitzernder Sterne, die mehr als zufällig über das Rückgrat des nun von der Tageshetze ausruhenden städtischen Firmaments sprühten, genug nüchterne Augenpaare als Antipoden vorfände.

ausgelöscht

Im Endeffekt ist es ein Brennen in dir selbst, im eigenen Körper, das Beweggründe zu einer Antriebskraft stilisiert, es schlummert in uns, da lässt sich nichts drehen und wenden, und ich glaube, dass es durchaus Sinn ergibt, immerhin schlagen wir uns seit Millionen Jahren so recht und schlecht durch, und die Kinder garantieren unser Weiterleben, das Weiterbestehen unserer Kultur, all dessen, wofür wir eigentlich stehen, im Positiven wie im Negativen, denn du weißt ja, diese beiden Seiten lassen sich kaum voneinander trennen, so ist eine Nachkommenschaft keineswegs ein Kuriosum, sondern erfreulich, aber selbstverständlich steht dir die Möglichkeit offen, unbefangen darüber zu entscheiden (einigermaßen zumindest, denn du weißt, bei einzelnen Leuten ist das wie bei den Hottentotten, da kommt halt ab und zu mal ein Kind), es liegt an dir, ob du es willst oder nicht, ob du dich diesem Kreislauf, den wir aus menschlicher Sicht wohl als einen ewigen bezeichnen müssen, unterordnest und dasselbe tust wie die andern oder ob du dich zurücklehnst, nein danke sagst und dein Leben in jeder Beziehung so lebst, wie es dir in den Kram passt, auf Verantwortung in familiärer Hinsicht gänzlich verzichtest und, wie du es ja formuliertest, das Dasein genießt, ohne auf einen Knirps Rücksicht zu nehmen, es steht dir völlig frei, deine Entscheidung zu überlegen und ohne Einfluss von außen zu treffen, es ist auf jeden Fall in Ordnung, wenn du Geschichte andern überlässt (immerhin treten wir ja nicht gerade als kleine oder gefährdete Population auf), du solltest nur alle Argumente in dein Kalkül ziehen und von allen Seiten betrachten, denn manche Ratschläge helfen einem schon weiter, und bedenke, wenn du dich für ein ungebundenes Leben entscheidest und wenn du dich weigerst, eigene Kinder zu zeugen und großzuziehen, dann bist du gewissermaßen der Endpunkt.

bedrohlich

Oh ja, es klang lächerlich, geradezu töricht,
wenn ich den ungezähmten Bandwurm jener
Worte ausspuckte, die in meinem Kopf wie
Heidekraut sprossen, denn wer konnte schon
allen Ernstes seriös zuhören, wenn ich mich
über die behütende und schützende unendlich
verdickte Verschalung erging, die über das im
Strom jeden Aufruhrs ruhende Gefühl wachte,
still und gar heimlich, verborgen vor jedwedem
Zugriff bewusster Beeinflussung, ja ich konnte
nicht umhin zu glauben, dass ein zufälliges
Publikum gar nicht ahnte, worauf es sich ein-
ließ, denn ich äußerte Bedenken über ganz
bestimmte Regungen, die vorherzusehen immerzu misslänge, die ein fernes, kaum merkli-
ches Aufstoßen unergründlichen Hohlseins
verursachten, wobei es mir grotesk vorkam,
wenn ich eine Huckepackbegleitung erwähnte,
ein Mitgehen huckepack auf jenen winzigen,
atomaren Störungen, welche die Essenz des
Chaos bildeten und den menschlichen Betrach-
ter, bar jeder informellen Sättigung, erstaunen
ließen, doch ich wagte einen neuerlichen Vorstoß, schob den Vorwurf ridiküler Gedanken
rasch beiseite und bekannte, in der erlebten
Einschüchterung Konkurrenz zu orten, weswegen ich mich mit den albernen Früchten lexika-
lischer Verschrobenheiten überhaupt erst ab-

gab und am Ende des Tages alles in seine Morpheme zerlegte.

beschlossen

Unmerklich kroch ein feines Erschauern in den Raum, über die frisch gebohnerten Fliesen, das Mahagoniholz der Möblierung und die säuberlich bereit gelegten Notizblöcke in die Körper der Männer, denn es war eine reine Männergruppe, sogar die Sicherheitsberaterin war dem Treffen ferngeblieben, alle Anwesenden empfanden die frische Kälte, die lediglich in ihren Köpfen existierte, hatte die Haustechnik doch extra eingeheizt, um den Herren jegliches Unwohlsein tunlichst zu ersparen, jedenfalls räusperte sich der Verteidigungsminister, holte das leichte, aber unmissverständliche Nicken des Präsidenten ein, zögerte ein paar Sekunden und legte den ungebrauchten Kugelschreiber, dessen Stift er ohne es zu merken in einem fort hinein- und herausgedrückt hatte, neben das Papier, um ihn mit den Fingerspitzen parallel zur Kante auszurichten, bevor er auf die Landkarte zeigte, die auf eine völlig fleckenlose Wand projiziert war, einen Bogen von Norden nach Süden beschrieb und erklärte, dass die Bomber in großer Höhe zirka eine Dreiviertelstunde für den Überflug benötigten.

betroffen

Völlig schweißüberströmt wache er auf, springe
aus dem Bett und beäuge beide Hände, drehe
sie hin und her, um zu verifizieren, ob sie auch
tatsächlich intakt seien, unverletzt und ohne
Spuren einer gewaltsamen Einwirkung, er atmete auf, als hätte er das Erzählte eben erst
durchgestanden, schluckte ein paarmal und
führte unter bewegtem Mienenspiel aus, er
könne diese Dokumentation nicht vergessen,
die sie irgendwann im Fernsehen gebracht hätten, über Kriegsherren, die den Dorfbewohnern
systematisch die Hände abhacken ließen, was
teilweise sogar von Achtjährigen durchgeführt
würde, deren Namen bereits in so jungem Alter
besudelt und gefürchtet waren, seitdem schlafe
er schlecht, leide an Alpträumen und fahre immer wieder hoch, um einer vermeintlichen Ab-
trennung der Gliedmaßen zu entgehen, er glaube, der Bericht hätte vom liberianischen Bürgerkrieg gehandelt, sofern es nicht der nigeria-
nische war, so genau erinnere er sich nämlich
nicht, doch er fürchte sowieso, dass schreckli-
che Handlungen wie diese in rasender Geschwindigkeit über tausende Kilometer hinweg
ausstrahlten, und deshalb sei es eigentlich nicht
von Bedeutung, in welchem Land die Menschen
dermaßen sinnlos ihre Hände verlören, wieder
sah er auf seine Rechte und drehte sie herum,

bewegte die Finger, um deren Unversehrtheit zu prüfen, und meinte, er wisse nicht, wie er ohne Hände noch etwas schreiben könnte, habe keine Idee über die Bedienbarkeit einer Tastatur, und dieser Gedanke mache ihn fertig, raube ihm den letzten Nerv und sorge für eine gewisse Panik, der er sich nunmehr täglich aufs Neue stelle, er seufzte, schloss die Augen, beugte sich zu mir und raunte mir zu, dass er jetzt verstanden habe, wie grundlegend und nachhaltig eine Behinderung dieser Art das Leben durcheinanderwirbelte, und umso ängstlicher trete er heute auf die Straße, weil niemand wisse, wer im nächsten Moment auf ihn zukomme und eine Machete oder ein Beil zücke.

bissig

Im Grunde sei sie noch nie darauf erpicht gewesen, aber beizeiten mache sie schon mal eine Ausnahme, und überhaupt wisse sie gar nicht, was manche dabei fänden, entspreche der Wunsch des Saugens doch dem Eingeborensten überhaupt, aber was echauffiere sich eine Frau wie sie über derart dümmliche Ausfälle, schließlich wolle sie das Leben genießen, den Abend, der in sinnlich trautem Kerzenschein begonnen habe und nun eine Wendung nehme, die mühelos eine ganze Woche voller Arbeit zum Frohlocken bringe und ein heiteres Abschneiden vergangener Anstrengungen in Aussicht stelle, es wäre doch großartig, könnte sie jeden dieser Augenblicke festhalten und zukünftigen Erinnerungen vermachen, doch sie ahne, dass gewisse Momente lediglich als Flüchtigkeiten genießbar und daher wertvoll seien, deswegen halte sie lieber den Mund und gebe dem lodernden Antrieb nach, der sie allmählich zu verbrennen drohe, und sie verstummte, packte mit beiden Händen zu und schob die Vorhaut mit einem Ruck nach unten, bevor sie aufseufzte, das Haar mit einem Schwung zur Seite warf und die Zähne ins pralle Fleisch rammte.

bodenständig

Keineswegs ergehe ich mich in Anschuldigungen, denn auch in meiner Jugend gab es Religionsunterricht, wie bei jedem Kind dieses Landes, und ich vermag nicht zu sagen, dass ich damals Schaden davongetragen hätte, nein, wir hatten ein lieben Lehrer, einen Pfarrer, und ich kann mich sogar erinnern, einmal der Klassenbeste gewesen zu sein, weil ich ein Krippenbildchen so schön ausgemalt hatte, ja, diese Erfahrungen prägen einen schon und so käme mir niemals in den Sinn, das ehrliche Bemühen der Gläubigen und den großartigen Inhalt der Lehre in Frage zu stellen, ich weiß ja auch, wie das alles lief, und natürlich geht es um Tatsachen, wenn von einer Kanzel zu hören ist, dass es die Juden waren, die den Heiland zuerst verraten und dann ans Messer geliefert hätten, da sieht man doch wieder das wahrhaft Böse, hat uns der Pfarrer-Lehrer schon damals erklärt, aber das spielt ja heute sowieso keine Rolle mehr, denn jetzt sind sie ja weg, die Juden, aber das hat selbstverständlich nichts damit zu tun, denn der Urgroßvater, der hat noch für den Kaiser gekämpft, und vor allem nach dem großen Krieg, wo man uns alles weggenommen hat, die Kornkammern in Böhmen und die Gemüsehaine im Osten, da sei es uns so richtig dreckig gegangen, und erst die Christlichsozialen und dann

18

die Braunhemden und danach die braven Menschen der Zweiten Republik (und irgendwie sei das sowieso alles dasselbe, sagte der Großvater in seinem geheimnisvoll-mystischen Gehabe) hätten versucht, mit der Misere aufzuräumen, und manche wären da eben im Weg gestanden, also das heißt, um wieder auf das Thema zurückzukommen, im Grunde ist es doch das Evangelium, das unser Land und seine Kultur geprägt hat, man denke doch nur an den Barock, an diese wunderbaren Errungenschaften der Kunst und der Architektur, ja und die Kirche ist schon ein wichtiger Faktor in diesem Land, schließlich braucht man eine gewisse Führung, nicht wahr, und dass Jesus selbst Jude war, der in einer jüdischen Welt lebte und jüdischen Glauben predigte – ja mein Gott, pflegte da der Vater zu sagen.

charakterlich

Vielleicht noch ein Schrieb in die Verfassung,
wie wäre das, es befindet sich sowieso schon so
viel Ramsch darin, der dort nicht hingehört, ein
Absatzerl für die Menschen, die ängstlichen,
ihre Sorgen, die sie natürlich zu vollem Recht
pflegen, klar, mögen die Leute doch sagen, wen
sie dabei haben wollen, in der europäischen
Völkergemeinschaft, die Union ist ja schließlich
kein Sammelbecken für jedermann (oder?),
sondern hat auch was mit Kultur zu tun, mit
Traditionen, aber nun frage ich euch: Wer hat
denn abgestimmt, als vor ein paar Jahren *wir*
beitraten, welches Land führte eine Volksab-
stimmung durch, um erst mit deren Ergebnis zu
entscheiden, ob Österreich in die EU dürfe oder
nicht, wann hat es das überhaupt gegeben, dass
die Bevölkerung, die zuerst an Informationen
kurz gehalten wird und dann über bestimmte
Massenmedien ihre spießigen Vorurteile ver-
stärkt kriegt, eine so elementare Frage entscheiden darf, rutscht denn da nicht sogar die
Repräsentativität unserer Demokratie in ab-
gründige Fragwürdigkeit, und wenn es schon um
Kultur geht, dann soll mir doch einer mal erklären, wieso die türkische Kultur geringer gelte als
die unsrige und das bisherige kulturelle Sam-
melsurium nicht bereichern sollte, und zuletzt
mahne ich ein, sich das wahrscheinlich wichtigs-

te Ziel der Union zu vergegenwärtigen, nämlich weitere Kriege auf europäischem Boden zu verhindern, und dazu ladet mir bitte auch die Türken ein, denn unsere gemeinsame Geschichte kennt ganze Jahrhunderte voller Grausamkeiten und Gemetzel (schon vergessen?), und da stehe ich dafür, dass wir alle uns an einen Tisch setzen, das Vergangene Revue passieren lassen und endlich einmal in Ernsthaftigkeit überlegen, wie wir deren Tradition und die unsere am besten unter einen Hut bekommen, um gemeinsam an der Zukunft bauen zu können.

chiastisch

Bombastisch fiel sein Wort, seine Bescheiden-
heit geriet winzig, er kannte das Ziel des Auf-
stiegs, das Amt des Präsidenten erstrebte er,
und verschiedene Umstände, die wohl viel Raum
für Analysen und historische Betrachtungen
geben, verhalfen ihm zu einer Macht, die auszu-
nutzen er sich niemals sträubte, er glaubte fest,
dass die Macht von Höherem verliehen, und
schreckte nicht einmal davor zurück, das
Schwert zu zücken, wovor die Worte seines
Erlösers ihn doch warnten, er zögerte nicht, das
Feuer zu legen, wovon das Buch, dem er so sehr
vertraute, abriet, er äußerte seine Überzeugun-
gen, die Folgen verschwieg er, es lässt sich
nicht klären, inwieweit sein Bewusstsein das
Ganze erkannte, er die Losungen steuerte, welche die Gänge der Befehlsstrukturen verließen,
um hie und da in der Presse aufzutauchen, doch
jene, die seine Politik unterstützten, die weit
gestreuten Gruppierungen der Evangelikalen,
schrieben geradezu auf ihre Fahnen, dass sie
vereint den Satan auszutreiben gedachten, ja zu
vernichten, mit allen einer Supermacht zur Verfügung stehenden Mitteln, und jene, die dazu-
gehörten, hielten es für legitim, während jene,
die nur vereinzelt davon hörten, es nicht für
möglich hielten, und so gelang es ihm, stets
neue Tiraden vorzubereiten und in verschiedens-

te Richtungen auszusenden, gegen alle, die er als Feinde betitelte, während er den Verbündeten mit Misstrauen begegnete, da diese keinen Feldzügen trauten, die auf mittelalterlicher Symbolik fußten, denn sie sagten, Fehden wirkten überkommen und geeignet schiene ein Handschlag.

dämonisch

Unversehens standen sie einander gegenüber, mitten auf einer Kleinstadtstraße des Mittelwestens, ganz zufällig beim Einkauf im Heimatort, der eine mit rundlichem Gesicht und einer Leibesfülle, die trotz oder gerade wegen des Maßanzugs eine gewisse Süffisanz an den Tag legte, der andere schlank und groß gewachsen, dessen Habitus die arabische Herkunft verriet, mit leicht gedunkelter Haut und billigem Hemd, sie standen einander gegenüber, unverhohlen beobachtend, mit provokativer Miene und dennoch zögernd, der eine trug zum Anzug einen Hut nach Sitte der Cowboys, er schob die rechte Hand ins Sakko, während der andre, barhaupt, die Finger der Linken in den Hosensack tauchte, sie wähnten beide den andern bewaffnet, verharrten stumm inmitten des Lebens, wandten Halbmond und wahhabitische Tatkraft gegen Kreuz und evangelikalen Eifer, sie beäugten einander wie das Wesen vom anderen Stern, im Herzen wohl wissend, was *High Noon* in den Köpfen dieses Landes hieß.

delirant

Die Zähne bleckend äugte er hinauf, im Sonnenlicht erschien ein silbrig weißer Punkt, dermaßen gleißend, dass er für einen Wimpernschlag die Augen schloss, schwingenbreit erhob er sich, begann den Flug ins Weltall, in den dünnen Schwaden der Stratosphäre lehnte er sein Haupt indes in Wasserdampf, den Überrest verbrannter Ambitionen, der kurz darauf die Schwerkraft floh, er prüfte lupennah den Globus, mühte sich, die Flecken blauer Meeresspiegel fortzuwaschen und kritzelte Notizen in die eigene Erinnerung, er glitt von seinem Bett herab, bemerkte eine Knospe, die ungestört vom Ringsherum in seine Nähe vorgedrungen war, umfasste sie und spürte plötzlich, wie das Leben rot in seine Hand sich schmiegte, er biss auf seine Lippe, seufzte und begann ein Spiel aus Reimen, das ihm lang im Geist verblieben, spielte es mit allen, die seinen Wegrand säumten, und er wähnte seinen Durst nach Wissen eine Suche nach dem Ursprung allen Seins, er sann auf einen Zeiger, der vom Anfang auf das Ende wiese, denn tief im Herzen hielt er schlicht das Ziel für wichtig, forschte nach dem gelben Horizont, er brannte innerlich vor Neugier und haderte mit dem Gedanken, die Ankunft der Menschheit weit verfehlt zu haben, er zuckte, schüttelte den Kopf und sah zu Boden, die Erde zeigte Furchen, Runzeln, die er für das Alter seiner Fragen hielt, und als ein Tropfen, seine Träne, so langsam, als wäre sie durch angehaltne Zeit gebremst, zur Mitte des Planeten strebte, erkannte er, dass nicht einmal der Sonne Strahlen den geraden Weg ins völlig schwarze Dunkel fanden.

düster

Natürlich dauere es noch einige Zeit, aber mal
ehrlich, was denn, bitteschön, bedeutet Zeit
eigentlich?, für uns und für unser Dasein, wo wir
doch jeden Tag deutlicher fühlen, wie rasch die
Zeit verrinnt, gleich flüchtigen Tropfen auf allzu
glatter Oberfläche, und wenn wir diese Warnung einfach ignorierten, dann wäre es eines
Tages zu spät, viel zu spät, nämlich dann, wenn
das Methanhydrat destabilisierte und sich am
Ende auflöste, um Abermilliarden Tonnen von
Methan freizugeben, was eine richtig unheimliche Wirkung als Treibhausgas entwickle, da
spiele es keine Rolle mehr, mit wie viel Rußpar-
tikeln wir die Atmosphäre verdunkelten, denn
Global Dimming, wie die Wissenschaft es nennt,
steuere zwar im Augenblick einer exzessiven
Erderwärmung entgegen, stelle aber keinesfalls
eine Lösung des Problems dar, denn ein völliges
Durcheinandergeraten des Weltklimas nützte
niemandem und am allerwenigsten der Menschheit, die schließlich weiterhin bewohnbare Kon-
tinente und Länder brauche, da gehe es nicht
an, ewig lang zu beraten und zu tüfteln, ob die
Erwärmung oder die Verdunkelung gefährlicher
sei, es gelte endlich zu handeln, in Politik und
Wirtschaft rasch das richtige Bewusstsein zu
schaffen, damit es nicht zu regelrechten Unru-
hen und Revolutionen komme, wenn unsere

gesamte Existenz im wahrsten Sinne des Wor-
tes bereits den Bach hinunterränne.

einflussreich

Bitteschön, ein Unternehmen wie dieses kann selbstverständlich nur dann entsprechend gewürdigt werden, wenn es in angemessener Weise geprüft wird, und eine Zeitung wie unsere, ein Beobachter unserer Gesellschaft, ein unbestritten entschlossener Förderer der völkischen Wohlfahrt – da müssen Sie doch zugeben, dass wir am Tiefsten des Menschlichen anrühren, Bedürfnisse befriedigen, die jeder inbrünstig empfindet, und eine Gazette, die es sich zur Aufgabe gemacht hat, der Volksgemeinschaft auf die Sprünge zu helfen, ich meine, die Wahrheit näherzubringen, auf die Missstände in unserem Staat hinzuweisen und unermüdlich mit dem Finger auf jene zu zeigen, die verantwortlich zeichnen für den Niedergang unseres Abendlandes, ja, meine Damen und Herren, wir sprechen von einem Blatt, das niemals müßig wurde und werden wird, zügig voranzuschreiten, auf das große Forum unserer Nation zu stürmen und den Bürgern ein Werkzeug, was sage ich, ein Schwert in die Hand zu geben, das beweist, wie gesund das Volksempfinden ist, wenn man seinem Ausdruck, der sich zugegeben in vielfältiger und sehr unterschiedlicher Weise manifestiert, genügend Raum gibt, und dabei versteht es sich von selbst, dass wir mitunter auf etwas hinweisen, ja hinweisen müssen, das nicht alle in diesem Land hören wollen, denn, meine Damen und Herren, es liegt nicht in jedermanns Interesse, dem heutzutage so oft verdrießlich unterminierten Hausverstand wieder die Geltung zu verschaffen, die er verdient, doch ich verspreche Ihnen, dass unsere publizistische Arbeit, wertvoll und aufrichtig wie eh und je, jederzeit die Ehre hochhalten wird, und sogar wenn sich unsere Kritiker das Maul fusselig reden, wird es ihnen nicht gelingen, uns von unserem geradezu vorgezeichneten Weg abzubringen, und wir werden unsere Werte zu verteidigen wissen, und sei es, mit Ihrer Unterstützung, auf der Straße, und wir werden siegen und den unwerten Nörglern die epochale Erkenntnis entgegenschleudern, dass, nach den Erfahrungen des zwanzigsten Jahrhunderts, ein dermaßen großer, ja überwältigender Anteil der Bevölkerung wohl nicht irren kann!

eingepfercht

Die Kaffeetasse zitterte, weil sie die Hand nicht mehr ruhig halten konnte, der Fernseher, Spätnachrichten, bannte ihren Blick, anfänglich war ein undefinierbarer Laut aus ihrer Kehle gedrungen, doch erst kurz danach hatten die Umsitzenden reagiert, sich ihr zugewandt und verstanden, dass sie soeben ihren Sohn gesehen hatte, im TV-Bericht, sie näherten sich der Frau, fassten ihre Hand und nahmen ihr die Tasse ab, um sie auf das Tischchen zurückzustellen, bosnische Rufe gellten durch den Raum, großteils unverständlich für mich, der ich lediglich rudimentär diese Sprache gelernt hatte, und der Oberkörper der Frau schien in einem Schüttelkrampf aufzugehen, ohne dass sie etwas dagegen tun konnte, zwei der Freunde hielten sie an den Armen fest und versuchten beruhigend auf sie einzureden, während das Antlitz ihres Jungen, eines Achtzehnjährigen, der im Land geblieben war, wieder vom Bildschirm verschwand, die Kamera auf andere Gesichter schwenkte, die ebenso ernst, ausgemergelt und mit großen, tiefen Augen in die Linse sahen, fast so, als ginge sie das gar nichts an, die Wachtürme im Hintergrund, die Eckpfosten aus Beton, das Bellen der Hunde, der Stacheldraht, der vor den knochigen Körpern der Männer vielfach den Weg versperrte, und über die Fernsehsender

der Welt bekundete, dass in Europa wieder Konzentrationslager standen.

einsichtlich

Inzwischen hatte ich wohl geschnallt, dass eine Eigenschaft nicht bloß attributives Beiwerk war, sondern als intrinsische Daseinserklärung verstanden werden musste, die auch mir in meinem Hochmut mehr als klar bewies, dass ich nicht immer Recht hatte, sondern bisweilen den Worten eines andern Gehör schenken musste, um sie entsprechend zu berücksichtigen, wenn die ganze Welt sich nicht nur um mich herum drehte, sondern alle Möglichkeiten bot, Fehler, die aufgrund falscher Ausgangsannahmen entstanden und oft sogar über einen längeren Zeitraum hinaus gewachsen waren, schlussendlich mit Sorgfalt und Effizienz zu korrigieren und, wenn alles gut ging, sogar ungeschehen zu machen, und ich setzte mich auf den heißen Asphaltboden, mitten auf dem Hauptplatz und zwischen den vielen Menschen, von denen nur die Kinder grinsten und mit dem Finger auf mich zeigten, weil sie so etwas noch nicht gesehen hatten in dieser Stadt, legte die Schirmkappe zwischen meine Knie und begann mit den Fingern derart kräftig mein Haar zu raufen, dass die Kopfhaut bald an mehreren Stellen zwischen stechendem Jucken, dumpfem Ziehen und hitzigem Brennen keinen Unterschied mehr machte.

entrüstet

Schließlich sei es verdrießlich, jedes Mal der Sache auf den Grund gehen zu müssen, fuhr sie auf, denn nicht jeder könne sich als Spezialist auf diesem Gebiet bezeichnen und überhaupt fehle einfach die Zeit dafür, immerhin stünden andere Dinge auf der Tagesordnung, habe jeder sein übliches Scherflein beizutragen und sich keinerlei Verzögerungen einzuhandeln – auch nicht dieser Art –, die im Endeffekt in einem völlig anderen Bereich lägen, denn niemand in der Geschäftsführung habe Verständnis für Ausfälle technischer Natur und entschuldige aus diesem Grund schon gar nicht eine mangelhafte Leistung, also bestehe sie auf eine höhere Ausfallssicherheit, man müsse sich als Mitarbeiter darauf verlassen können, dass die Leitung nicht mitten im Mailversand zusammenbreche oder sich still und heimlich im Hintergrund verabschiede, sodass ein einfacher Benutzer dies gar nicht bemerke und an hektischen Tagen quasi einen Nervenzusammenbruch riskiere, wenn er feststellen müsse, dass seine Ausarbeitung plötzlich nicht mehr abgegeben werden kann, weil das System den gewohnten Dienst verweigere, außerdem stellte sie klar, dass sie keineswegs hussen wolle, sondern lediglich das Wohl der Mitarbeiter sowie ein reibungsloses Funktionieren des Betriebes im Auge habe, sie könne sich auch vorstellen, den Herrschaften der IT-Abteilung Rede und Antwort zu stehen, falls diese nicht wüssten, um welche Ärgernisse es sich überhaupt handelte, und ihnen die wichtigsten Punkte zusammenfassen, allerdings verlange sie in einem solchen Fall, dass ihr zumindest die zusätzliche Arbeitszeit angerechnet würde, und selbstverständlich erwarte sie dann eine Besserung der Situation, nein, korrigierte sie sofort, eigentlich fordere sie, dass die geschilderten Gebrechen gänzlich ausgeräumt würden, damit sie und ihre Arbeitskollegen sich nicht mehr mit programmtechnischen Details herumzuschlagen hätten, die sie im Grunde weder etwas angingen noch zu ihrer Tätigkeit beitrügen.

fern

An manchen Tagen glaubte ich alles sorgsam
vorzubereiten, mich innerlich auf den Weg zu
machen, ohne dass ich irgendwelche Anzeichen
gesehen hätte, aber es gefiel mir, auf die Stim-
men derer zu pfeifen, die mir von Beginn an
vorgeschrieben hatten, in welcher Weise ich
mich bewegen sollte, schon deshalb schien es
mir opportun, einen Schlussstrich zu ziehen,
zusammenzupacken, woran mir lag, wobei dem
keinerlei Bedeutung mehr zukam, denn Dinge,
die mein Leben ausfüllten, entpuppten sich als
ephemer, wenn es darum ging, die Erde hinter
sich zu lassen, abzuheben und jenen Pfad einzu-
schlagen, der in Wirklichkeit wohl erst in Tau-
senden von Generationen begehbar würde, ich
aber schloss die Augen und verließ mich auf das
Gefühl, das mich forttrug, hinauf in die Lüfte
und schließlich, die Atmosphäre als winzigen
Zwischenstopp auf einer viel größeren Skala
begreifend, ins All, an den Planeten vorbei zu
den nächstliegenden Sternen, durch das Nichts,
das wir als unendliches Schwarz uns vorstellen,
ich flöge auf den Bahnen, die keine Berechnung
vorhergesagt hätte, auf zu den Galaxien und zu
jenen Gegenden, die wir so oft als das Ende des
Universum betitelt hatten, und ich mutmaßte,
dass nur die Annäherung an diese Grenze klar-
stellte, ob unsere Träume weiterbestünden, ob

die menschliche Imagination, die so viele schöne Geschichten hervorzuzaubern imstande war, hinter den gerade noch sichtbaren Sternhaufen und Quasaren tatsächlich ihr Ende erreichte oder völlig Ungeahntes entdeckte, das ich so brennend gern miterleben wollte.

filmreif

Jede einzelne Atemsekunde, raunte er, gelte es
zu spüren, zu schmecken, in alle Fasern des
Körpers dringen zu lassen, um zu empfinden,
was die Männer fühlten, als sie mit ihren Pan-
zern über die sandigen Straßen rollten, über
Funkbefehl abbogen und auf ein Dorf zurausch-
ten, das bald nur mehr einen obsoleten Namen
auf alten Landkarten besaß, da könne jeder
Zuschauer einmal sehen, was Filmkunst in
höchster Perfektion zu leisten imstande sei,
denn immerhin schufen die Studios nur alle paar
Jahre ein kinematografisches Epos, das es wert
sei, nicht nur in der Tagespresse beworben zu
werden, sondern Bestand zu haben, echten Bestand, damit auch die Nachgeborenen etwas
davon hätten und die filmische Fabel genössen,
die, wie alle feststellen könnten, aus dem wirkli-
chen Leben gegriffen sei, aus den aufregenden,
adrenalinstrotzenden Momenten der Boys, in
denen sie dem Terror in der Welt eine blutige
Absage erteilten, damit also, wiederholte er sich
und hob bedeutsam den ausgestreckten Zeigefinger, damit ein solch grandioses Werk auch in
den kommenden Jahrzehnten richtungsweisend
sei und, mit etwas Glück, zu regelrechtem Kult
gerate, ja es zahle sich schon aus, den eigenen
Tagesablauf über den Haufen zu werfen und ins
Kino zu laufen, um die eindringliche Story der

Boys in den irakischen Widerstandsnestern mitzuerleben, ihre Einsamkeit im fremden, unverständigen Land, ihre Kameradschaft und das unerschütterliche Vertrauen in ihre demokratische Mission, während sie durch zerborstene Gebäudetrümmer und verstreuten Hausrat stapften, es sei schon fantastisch, gluckste er begeistert, nun endlich, wenn schon nicht live, so doch auf der Leinwand mitten drin sein zu können, doch jetzt hieße es Mund halten, er wolle nicht noch mehr verraten, denn es gezieme sich keineswegs, betonte er schmunzelnd, den fiebrig wartenden Zuschauern die Freude des unbedarften Entdeckers zu nehmen.

finanziell

Eigentlich, hob er entrüstet an, verstehe er
nicht, wie jemand allen Ernstes den Ausdruck
Finanzkraft in den Mund nehmen könne (ohne
nämlich daran zu ersticken), denn wo, bitteschön, sei denn die darin zitierte Kraft versteckt, vor allem, und da räusperte er sich verlegen, wenn er seine eigene Lage in Anbetracht ziehe und als prominentes Beispiel her-
nehme, quasi seine eigene Person als Kron-
zeugen aufrufe und bekenne, dass bei ihm diese vermeintliche Kraft nicht nur ermattet, sondern gänzlich versiegt sei, sofern, ja sofern sie
jemals eine tragende Rolle gespielt habe, also
wundere er sich täglich über das einlullende
Gefasel der Banken und vor allem der sich im
Rampenlicht sonnenden Politiker und Partei-
bonzen, die ihn, wie er wisse, stets in die
Schublade der Gutverdienenden steckten, ohne
über die bedrohlichen Nöte seines Lebens
nachgedacht zu haben oder seine schwierige
pekuniäre Situation zu ahnen, geschweige denn
sich dafür zu interessieren – welch Vermessen-
heit, rief er aus, zog die Ohren ein und klickte
seufzend auf die schillernde Schaltfläche, welche die Überweisung seiner Monatsmiete
schlussendlich und mit rechtlicher Gültigkeit
vollzog, über einen (wenn er die halbjährlichen,
unverschämten Erhöhungen berücksichtigte,

geradezu willkürlich vorgeschriebenen) Betrag, den er, wie ihm schmerzlich bewusst war, gar nicht besaß.

folgerichtig

Er hob die Hand, formte mit Zeigefinger und Daumen einen Kreis und berührte mit den Fingerkuppen beinahe den Mund, nickte bedächtig und gab zu bedenken, dass er nun die Erfahrung von sieben Beziehungen auf dem Buckel habe und deshalb kaum als Traumtänzer abgetan werden könne, immerhin sei er jedes Mal auf dieselbe Schiene geraten, obwohl er es ablehne, die gesamte Schuld, sofern es in diesem Zusammenhang überhaupt um schuldhaftes Verhalten ginge, auf sich zu nehmen, und das erlebte Schema wurde auch von Freunden und Bekannten bestätigt, vereinzelt höre er sogar von Kolleginnen dasselbe, obwohl diese sich freilich in einer anderen, nämlich konträren, Situation befänden, aber immer handle es sich um einen völligen Rückgang, wenn nicht gar um einen Stopp der sexuellen Begegnung, oftmals begleitet von einem Verschwinden jedweder Zärtlichkeit und folglich einem zumindest äußerlichen Rückzug eines oder beider Partner, und wenn er überlegte, beruhe jedes dieser quälenden Erlebnisse auf der Verbindung mit einer Nichtraucherin, was wohl daher rühre, dass er selbst Zigarettenrauch verabscheute und es nicht ausstehen konnte, einen Mund zu küssen, der in jeder Hinsicht nach Tabak schmeckte, denn ein solches Aroma hinterließen die Glimmstängel nun einmal in den Menschen, jedenfalls ging der sexuelle Hunger spätestens nach zwei Jahren des Zusammenlebens restlos verloren, verschwand wie der Morgennebel im Sonnenlicht, also rasch und ohne Spuren zu hinterlassen, grinste er schnippisch, hielt einen Augenblick inne, um am Glas zu nippen, und führte aus, dass er deshalb intensiv reflektiert habe, weil er danach gierte, die Ursache seines Ungemachs zu erkunden und am besten gänzlich zu entwurzeln, eines Tages sei ihm also aufgefallen, dass keine seiner Frauen geraucht hatte, und er fragte sich seitdem, ob Raucherinnen das Leben mehr genössen, mehr Freude, Zärtlichkeit und Liebe empfänden, eine Schlussfolgerung, die ihm keineswegs gefalle angesichts der traurigen Aussicht, entweder Enthaltsamkeit üben oder seine Zunge in einen Aschenbecher stecken zu müssen.

gedankenlos

Schon seit Minuten überlegte ich angestrengt, welche Alternative sich mir anböte, wenn das Buch, das ich für meine Forschungsarbeit so dringend benötigte, nicht lagern sollte, als das Mädchen vor mir stand und mich schüchtern am Oberarm antupfte, was ich im ersten Moment als eine versehentliche Berührung auffasste, aber gleich darauf als beabsichtigtes Aufmerksammachen erkannte, und deshalb vollführte ich eine unwillige Geste, um ihr plötzliches Eindringen in meine Gedankenwelt rechtzeitig abzuwehren, meinen Weg nicht aufgrund einer unerwünschten Störung in eine Richtung abdriften zu lassen, die mir zur dieser Zeit ungelegen kam, ich schaute nur kurz in ihr Gesicht, in die dunklen, mich messenden Augen und auf das zusammengebundene, etwas fettig wirkende Haar, setzte meine Route mit der Andeutung eines Kopfschüttelns fort, überquerte die Straße und schritt den Gehsteig entlang, vorbei an deutschen und polnischen Touristen, die aus eben eingelangten Reisebussen stiegen, doch dann verlangsamte ich meinen Schritt, wurde mit einem Mal der tiefen und etwas traurig wirkenden Schönheit des Mädchens gewahr, hielt inne und wandte mich um, damit ich sie, die längst von den Menschenmassen des Platzes verschluckt war, irgendwo wiederfände.

gelegentlich

Derweil presste er die Finger so stark zusammen, dass die Knöchel weiß heraustraten und ich glaubte, das Glas zerspränge im nächsten Moment, doch er schien damit bloß den unstet gewordenen Atem zu kompensieren, röchelte beinahe (sodass ich mit dem Gedanken spielte, einen Arzt anzurufen), seufzte dann und meinte mit leiser, resignierend klingender Stimme, man könne doch nicht schlicht und banal argumentieren, dass ein neues Kind, eine Schwangerschaft also, auch wenn ihr Zustandekommen noch so prekär aussah, dass, mit anderen Worten, ein mehrmaliger Neubeginn, den es wohl bedeutet, ausschließlich ökonomischen Maßstäben unterläge, wodurch ihm, dem zukünftigen Vater, gleich von Beginn an eine gewisse Verantwortungslosigkeit (angesichts der ungenügenden, ja fehlenden Ressourcen) nachgewiesen wäre, sondern es gälte in jedem Fall auch zu berücksichtigen, dass keineswegs er allein diese Entscheidung getroffen hätte – sofern man aufgrund der Gegebenheiten überhaupt von einer freien Entscheidung sprechen könnte – und dass, denn dies gäbe er ja zu, begann er sich zu rechtfertigen, seine immerhin seit Jahren andauernde Beziehung bereits dermaßen aus dem Ruder gelaufen sei, vor allem auf sexuellem Gebiet nämlich, dass er, wenn er schon einmal im Halbjahr, also denkbar selten, seine Chance erhielte, diese auch (vielleicht blind) nutzte und gar nicht auf die Idee käme, sich zu verweigern, nicht einmal dann, wenn seine Frau ihm die Verwendung eines Kondoms untersagte, wie es tatsächlich (und bedauerlicherweise ohne dass er Verdacht geschöpft hätte) geschehen war, und wenn er sich in diesem seltenen Augenblick der Lust förmlich gehen ließe, war ernsthaft mit den Konsequenzen, denen er sich nun gegenübersah, zu rechnen, Konsequenzen, die er nicht ganz unüberlegt in Kauf genommen, wenngleich sie sein Leben, womit er sich heute abfinden musste, ganz gewiss noch einmal von Grund auf und nachhaltig umkrempelten.

gelogen

Vermutlich hatte er vor vielen Jahren schon einmal davon gehört, möglicherweise in etwas unterschiedlicher Gestalt, aber doch weitestgehend analog, an einem anderen Ort, unter Umständen sogar in einem ganz anderen Land und nicht in seiner Muttersprache, jedoch in Form eines, wie sich jetzt herausstellte, prägenden Ereignisses, sodass er die Nase rümpfte, die Stirn runzelte und seine Augäpfel rollte, wie er es in solchen Situationen stets tat, und in der Folge laut aufschnupfte, quasi als Entschuldigung dafür kaum verlegen mit den Achseln zuckte und die Unterlippe vorwölbte, knirschend einen Stuhl zurückzog und sich mit hörbarem Ächzen darauf setzte, die Unterarme auf den Tisch legte und die Handflächen nach oben drehte, um eine gewisse Unterwürfigkeit anzudeuten, die geeignet war, das Gespräch trotz der momentanen Anspannung vernünftig weiterzuführen, er mehrmals seufzte, die Lider als Zeichen innerer Konzentration schloss und in seinen Gedanken die Ungeheuerlichkeit des soeben Geäußerten milderte und in einer akribischen Weise mit immer rascher auf ihn zuschwirrenden Wortfetzen und Satzflicken eine Entgegnung baute, die sich gewaschen hatte.

gewappnet

Der Gedanke liegt nahe, und doch kann ich mich nicht entsinnen, ihn schon jemals aufgeschrieben gesehen zu haben, in keiner Gazette, in keinem Ratgeber, aber vielleicht gehört das zu einer Methode, die jeweils nur einen Teil der Geschichte berücksichtigt, indes überlege ich, meine Ideen mit andern zu teilen, in einer Vereinigung, bei ungezwungenen Treffen oder gar über Publikationen, mal sehen, wie es sich entwickelt, jedenfalls sollte die gesamte Autoindustrie einmal die Problematik überdenken und entsprechend auf die Anforderungen der Gesellschaft reagieren, immerhin spricht so gut wie jeder Richter, ungeachtet der tatsächlichen Besitzverhältnisse, bei einer Scheidung dem Mann das Fahrzeug zu, während die Frau die Wohnung bekommt sowie das Sorgerecht für die Kinder, und da ein Automobil, wie wir es tagtäglich auf der Straße sehen, Limousinen, Kombis, Kompaktwagen, kaum für einen längeren Aufenthalt, geschweige denn als Lebenszentrum geeignet ist, sollte der Verkauf hinkünftig die Anpreisung von Campingbussen forcieren, Männer sollten über Aufklärung und Tipps dazu gebracht werden, nur mehr Wohnwagen und Campingmobile zu kaufen, damit sie im Scheidungsfall nicht mehr auf der Straße stehen und über sinistre Nebengassen schließlich in der

Gosse landen, sondern weiterhin ein Dach über dem Kopf haben und ein Heim besitzen, ein bewegliches noch dazu, mit dessen Hilfe sie locker von der einen Beziehungskatastrophe zur nächsten schlittern können, mit vorprogrammierten Verlusten, die bekanntermaßen gesetzlich vorgesehen sind, aber doch ansässig und somit einen Anstrich seriöser als heute.

glutäugig

Nur zwei Punkte inmitten eines Ozeans dumpf-
schwarzer Wogen, fein verborgen, nahezu versteckt und dem suchenden Auge entzogen, so
wähnte ich ihren Blick fern all meiner Vorstel-
lungen, bar jedweder Realität und doch im An-
gesicht meines ehrlichen Erstaunens, denn ich
konnte nicht umhin, ihr so lange nachzusehen,
bis es nichts mehr zu sehen gab, die Welt um
mich herum sich längst weitergedreht hatte und
die Ersten mich anstupsten, um mich sacht aber
bestimmt aus dem Weg zu bugsieren, und ich
schaute zu Boden, versuchte das Gesehene
abzuschütteln, in eine freie Ecke weitab jeder
klaren Erinnerung zu schieben, denn dort war
der Gedanke gut aufgehoben, die beiden Punkte, glitzernd und tief, in eine verschwommene
Aura getaucht, die ich nie wieder anrühren wollte, weil sie mir fremd war, nicht zu mir gehörte
und jede Minute, die ich opferte, um diesem
inzwischen längst vergangenen Blick zu frönen,
schlichtweg vergeudete.

glutheiß

Natürlich sei es ihm unangenehm, denn keineswegs könne er behaupten, alles so locker zu nehmen, wie man sich das unter Umständen erwarte, doch da es um eine Freizeitbeschäftigung gehe (wiewohl auch in beruflicher Hinsicht noch nicht das letzte Wort in dieser Angelegenheit gesprochen sei), wähne er sich im Recht, wenn er mit allem Nachdruck auf den Makel hinweise, der sich ihm ergebe, nach getaner Aktivität oder im Grunde schon mitten drin, die Feuchtigkeit störe ja noch am wenigsten, aber wenn die Nässe von seinen Kleidern Besitz ergreife, vor allem auf dem Rücken, an der Wirbelsäule und bis hinunter zum Gesäß, da wolle er am liebsten stehen bleiben und allen Schweiß fortwischen, ihn auftrocknen oder mit einem Mal verdunsten oder besser verdampfen lassen, aber genau hier liege ja das Problem, denn er kenne keine Methode, dies zu bewerkstelligen, selbstverständlich habe er in allen einschlägigen Werken Rat gesucht, sogar in den Buchhandlungen die eine oder andere der erhältlichen Anleitungen durchgeblättert, jedoch ohne Erfolg, wie sich nun zeige, da er wieder einmal von einem Lauf zurückkehre, pitschnass und die Stimmung quasi im Keller, so elend habe er sich überhaupt noch nie gefühlt, wahrscheinlich weil er seit einiger Zeit über solche Widrigkeiten sinniere und nach einem gangbaren Weg forsche, der sich ihm jedoch, wie er nun enttäuscht eingestehe, nicht darbiete, und deshalb gebe er sich damit zufrieden, die andern auf sein Ungeschick hinzuweisen und eine Warnung auszusprechen, denn die in den Medien so heiß propagierte Liebe zum Schwitzen zipfe ihn schon lange an, da es sich ganz augenscheinlich um eine Masche jener Firmen handle, die am übermäßig betriebenen Volkssport verdienten, obwohl triefende Laufspuren in Wirklichkeit niemandem nützten.

grotesk

Man sehe es schon von weitem, erklärte er ki-
chernd, vom Autofenster aus oder auch, wenn
man als Fußgänger, wie ich, durch die Stadt
streifte, sie trügen die Gazette vor dem Brust-
korb, wie einen Panzer, der freilich vor nichts
schütze, ja nicht einmal vor dem Regen, aber
das sei eine andere Geschichte, und sie präsen-
tierten die Zeitung in Brusthöhe, dazu würden
sie bekanntlich von ihren Vorgesetzten angehal-
ten, aber von Weitem, worauf er ja schon hingewiesen hätte, strahle die Schlagzeile jedem
zufälligen Passanten entgegen, blecke regelrecht die Zähne mit ihrer kaum verschleierten
Ausländer-raus-Parole, und der Inder dahinter,
zumindest halte er den Zeitungsverkäufer, einen
kleinwüchsigen Mann mit dunkler Hautfarbe und
Augen ebenso schwarz wie das Haar, mit auf
dem Kopf nach Art der Sikhs gebundenem Tur-
ban, für einen solchen, dieser Inder also grinse
dem potenziellen Käufer entgegen, vermittle
eine Freude, die zum Griff in die Geldbörse ani-
mieren solle, eine Freude, die der Inder wahrscheinlich sogar ehrlich meine, und dabei, lachte
er nun aus vollem Halse, zeige er allen die Auf-
forderung zu seiner Verabschiedung, zu seiner
Vertreibung aus diesem Land, denn natürlich
gehe es da um ihn und seinesgleichen, und dass
er das ganz offensichtlich nicht verstehe,

gluckste er, sei doch Anlass zu größter Heiterkeit, verlange eigentlich nach filmischem Festhalten, damit auch andere sich amüsieren und am Anblick des dämlichen Ausländers ergötzen könnten, der grinsend seine eigene Verdammnis fördere, und dann schüttelte er den Kopf und zog mit sarkastischem Blick die Augenbrauen zusammen, bezeichnete meinen Einwand, der Inder wäre womöglich auf das wenige Geld angewiesen, das er als Kolporteur dieses Boulevardblatts verdiene, als völlig an den Haaren herbeigezogen, ließ auch nicht gelten, dass es sich vielleicht um einen Studenten handelte, der vom mageren Zuverdienst sein Leben bestritt, und rief durch das Lokal, als wollte er allen Anwesenden die mutmaßliche Farce vor Augen führen, dass er noch niemals verstanden hätte, was einen Menschen wie diesen, einen Inder, einen Gastarbeiter, dazu treibe, sich derart zum Kasperl zu machen.

gründlich

Den Satz, dass Männer nichts von Liebe verstünden, gab er mürrisch von sich, sondern nur Sex im Kopf hätten, kann nur eine Frau geprägt haben, denn nicht nur, dass es in mir selbst völlig anders ausschaut, lässt sich eine solche These auch nicht im Freundes- oder Bekanntenkreis bestätigen, ganz im Gegenteil, die zahlreichen Erfahrungen, derer ich teilhaftig wurde, zeigen, dass üblicherweise Frauen eine Liebschaft nach der anderen ausprobieren – ja, tatsächlich »ausprobieren«, kein anderes Wort scheint mir treffender –, während die Männer genau wissen, in wen sie sich verlieben, und an dieser Liebe normalerweise sehr lange festhalten, womöglich ein ganzes Leben, jedenfalls aber viel länger als die Frauen, und für sie, also für die Männer, bedeutet Liebe eine Gesamtheit, etwas Umfassendes, Tiefes, Unerschütterliches, wozu ganz selbstverständlich auch die Sexualität gehört, weil im Gegensatz zur landläufigen Meinung und trotz unbelehrbarer Frauenzeitschriftberieselung Liebe und Sex für einen Mann untrennbar miteinander verbunden sind, das heißt, Liebe ohne Sexualität ist für Männer völlig unvorstellbar, mehr noch, das Fehlen der Geschlechtlichkeit empfindet der Mann als den Niedergang oder bereits das eingetretene Ende der Liebe, ja, zu lieben heißt nun einmal, sich mit Haut und Haaren der geliebten Frau zu verschreiben, es ist eine lückenlose und gründliche Auslieferung, die wir Männer da betreiben, und deshalb kann die Aussage, Männer würden Sex und Liebe voneinander trennen, nur von einer Frau stammen, und falls doch ein Mann hinter dieser fiesen Behauptung steht, gab er nachdenklich zu bedenken, dann wohl nur so einer, der sein Leben bereits gelebt hat, der immerzu Enttäuschungen erlitt und dem eigentlich schon alles egal ist.

haarig

Im Zickzack gleitet das Büschel langsam übers Gesicht, bis zum Kinn, und fällt dann zu Boden, wo du es nicht mehr siehst, weil du den Kopf gerade halten musst, obwohl es dir schwerfällt, so richtig schwerfällt, und dann setzt du diesen misstrauischen Blick auf, der dir eigen, runzelst beinah die Stirn und verziehst den Mund, drückst die Lippen zur Seite, als wolltest du dem nächsten Schnitt entgehen, der blitzenden Schere ausweichen, welche die Frisörin dermaßen geschickt handhabt, dass du ihren Bewegungen trotz des riesig anmutenden Spiegels kaum zu folgen vermagst, sie schnippelt einmal hier und einmal da, dreht deinen Kopf, wie sie es braucht und ohne dass du wirksamen Widerstand entgegensetzen könntest, sie fasst an deine Schläfe, prüft die Länge der Härchen, die Linie des Haaransatzes, streicht über deine Stirn und schnipp! segelt schon wieder eine Locke hinunter, sie legt die Ohrmuschel allmählich frei und macht dir bewusst, dass du dich zum ersten Mal von den Strähnen, die du lieb gewonnen hast, verabschieden musst, daher beginnst du, mit dem Oberkörper zu schlenkern, nach links, nach rechts, bis sie dich an der Schulter festhält und mit ein paar Worten die vorige Ruhe einfordert, sie bringt die Scherenblätter ganz nah an dein Haupt, kürzt, wessen

Länge dir gar nicht bewusst gewesen, schaut dann wieder so kritisch in den Spiegel, lächelt sogar und meint plötzlich, dass du fertig wärst, aufstehen könntest, um nach Hause zu gehen, doch das plötzliche Ende, die kaum erhoffte Versprechung, trifft dich unerwartet, weitet die Augen, und plötzlich vermittelt dein Antlitz den Ausdruck leisen Entsetzens, so, als wolltest du losplatzen, denn du merkst, dass du heute, an diesem ungewöhnlichen Tag, mit deinen drei Jahren zwar vielleicht nicht das Kindsein, aber gewiss doch ein winziges Stück deiner Wildheit verloren hast.

hanebüchen

Mit den Händen steifte er den Stoff auseinander, ließ sich auf dem Stein nieder, der, glattgesessen, den Gebäudeeingang beherrschte, und wog bedächtig den Kopf, auf dem kein einziges Haar zu sehen war, er blickte mich an und sagte in einem Ton der Selbstverständlichkeit, dass es gar keiner Erklärung bedürfe, keiner wissenschaftlichen jedenfalls, denn die Ursachen lägen auf der Hand und jeder, der es wissen wolle und offen genug sei, die Wahrheit in sein Herz zu lassen, würde erkennen, dass es zu diesem Unglück kommen musste, vielleicht früher oder später, doch in jedem Fall dann, wenn so viele Menschen zusammentrafen, deren Karma dermaßen negativ überladen sei, dass in ganz natürlicher Weise ein Vernichtungsschlag erfolgt sei, er rümpfte die Nase, strich mit der Handfläche über den Schädel und hob abwehrend den Finger, als ich der vielen Kinder gemahnte, die, gemeinsam mit Eltern und Freunden, im Strudel umkamen, ertranken oder von vorübertreibenden Trümmern erschlagen wurden, er schüttelte das Haupt und erklärte, die Lösung sei nicht immer im jetzigen Leben zu finden, sondern in den vorherigen, schließlich wandle jedes Wesen mehrmals auf Erden und habe Gutes zu tun, das quasi wie auf ein Konto gutgeschrieben würde, denn das sei, was Menschen wie er, und im übrigen die meisten in diesem Winkel der Erde unter dem persönlichen Karma verstünden, und wenn sich – durchaus in bereits vergangenen Existenzen – Schlechtes und Böses angesammelt habe, dann weihe ein solch dunkles Karma seinen Träger dem Untergang und lasse ihm Strafe angedeihen, sogar wenn es sich in diesem Leben um ein Kind handle, dessen Schicksal einem westlich erzogenen Menschen so beklagenswert vorkomme, aber in Wirklichkeit, erläuterte er zuversichtlich, bliebe alles im Gleichgewicht, und die Menschen dieses Landes fassten die Zerstörung als geradezu willkommenen Neubeginn auf, sie schlössen bewundernswert rasch mit dem Verlust der Zweihunderttausend ab und fingen frohgemut von vorne an, wovon ich mich an den frisch getünchten Sonnenfassaden vergewissern könne.

hochhackig

Wie eine durchgängige Linie wirkte der Stift des Absatzes, der so hoch war, dass ich im ersten Moment glaubte, sie müsse vornüber fallen, doch begriff ich bald, dass sie nicht nur den Schuh und die handbreitendicke Sohle gewohnt war, sondern eine Art sich zu bewegen kultiviert hatte, die an ein aufreizendes Tänzeln erinnerte und meine Blicke von unten nach oben und wieder zurück gleiten ließ, ich blieb für den Bruchteil einer Sekunde auf ihrem Nabel und beäugte dann verstohlen, aber zunehmend aufgewühlt, ihren Busen und die hart hervorlugenden Nippel, deren Höfe sich in einer fast unnatürlich dunklen Farbe von der umgebenden Haut abhoben, ich wagte kaum einen Schritt näherzutreten, obwohl mich ihr Parfum, das unvermittelt in meine Nase stieg, unwiderstehlich anzog und mich, worüber ich innerlich schmunzelte, geradezu willenlos machte, und dann ergriff sie meine Hand, legte sie zuerst auf ihr Brustbein, wo ich ein leichtes Zittern ihres Körpers zu verspüren vermeinte, und zog sie dann vors Gesicht, verbarg Lippen und Nase dahinter, schloss die Augen, und unversehens glaubte ich ihre Zunge auf meiner Handfläche, als sie mich losließ und mit einem Augenaufschlag sich langsam umdrehte, sodass ich die schwarzen Bänder ihres Strings über den Hüften und zwischen den Pobacken sah, wodurch meine Atmung stockte und ich unwillkürlich einen Schritt zurücksetzte, weil es mir opportun erschien, meine beinah schmerzvolle Erektion vor ihr zu verstecken, doch sie wandte mir den Kopf zu, neigte ihn zur Seite und lächelte, und die unmissverständliche Bewegung ihrer Finger machte mir klar, dass ich jeden Traum zu bezahlen hatte.

industriell

Die Schadhaftigkeit des Ausstoßes sei noch nicht nachgewiesen, raunte er, obwohl er bereits den Aufschrei der Grünen höre, welcher normalerweise streng wissenschaftlich untermauert werden könne, aber so blinzle er lediglich aus seinem Fenster, betrachte dieses eckige, in seiner Bauweise völlig regelmäßige Gebäude mit dem verdreckten Verputz, wie denn die Farbe der gesamten Erscheinung schon rußig gewesen, seit er zu denken imstande sei, ein wahrhaft unansehnliches Gebäude, und in der Art, in der die Bewohner seines Dorfes ihm gleichgültig gegenüberstünden, verachte er den eigenen Blick, der Tag für Tag zu ihm hingezwungen werde, allerdings, räusperte er sich, spreche es möglicherweise für seine persönliche Eigenartigkeit, dass er nichts mit der Fabrik zu schaffen haben möchte, nichts von ihrer wirtschaftlichen Bedeutung wisse und allenfalls die Kolumnen der Zeitungen verfolge, um einen Zipfel der neuesten Erkenntnisse über die Abgase zu erheischen, die ohne Unterlass aus den Schloten qualmten, welche so hoch in den Himmel ragten, dass man den Hals beinahe verrenken müsse, um die dunklen, an mehreren Stellen unheimlich glitzernden Schwaden zu beobachten, doch dann verstummte er und sank in sich zusammen, atmete tief ein, bevor er in leicht resignierendem Tonfall eingestand, dass er sich vor den Arbeitern im Grunde fürchte, ihnen aus dem Weg gehe und den Blickkontakt tunlichst meide, denn immer, wenn er aufwache, begäben sich die Arbeiter gleich einer folgsamen Herde in die Fabrik, ruhig, besonnen, selten lächelnd, und am Abend strömten sie wieder heraus, einander ähnelnde Menschen, denen taube Trunkenheit und rauer Witz schließlich das Leben bedeuten, sie sprächen eine Sprache, die ihm fremd sei, und worüber sie sprechen, verstehe er nicht, was sie erfreut, mache ihn verlegen, und ihre Begeisterung für Absonderliches stoße ihn ab, also schließe er sich ein, verschanze sich regelrecht in seiner Kemenate, ließe es kaum zu, von irgendjemandem gestört zu werden, und starre dennoch voller Unbehagen auf die Türklinke, so lang, bis er, das Gebäude auf der anderen Seite der Straße vor Augen, das Gebäude mit den brüchigen Kanten, den erblindeten Fenstern und zerrissenen Gittern, die alte Fabrik also, kurz vor Mitternacht völlig ermattet einschlafe.

intim

Fein säuberlich, bekannte er mit leiser Stimme, lege er Seite an Seite, direkt nebeneinander, aufs Parkett, sodass es ihm einen Überblick gewährleiste, es handle sich dabei um Hochglanzblätter aus unterschiedlichen Pornoheften, die er sorgsam auseinandergerissen hatte, um nicht nur einen einzigen dieser Aufreger zu sehen, sondern gleichwohl mehrere zur selben Zeit, er pausierte, schluckte und fuhr fort, dass er in solchen Stunden ein regelrechtes Kachelmuster aus Fickszenen, aufgespreizten Fotzen und spermatriefenden Schwänzen fabriziere, er spüre dabei schon die Schweißtropfen in seinen Achseln, obwohl er längst nackt sei, und der steinharte Prügel zwischen den Schenkeln, flüsterte er verlegen, flehe förmlich nach Bearbeitung, dazu verwende er einen dicken Patzen Gleitcreme, den er verreibe, um sich nicht wundzuscheuern, sein Blick hüpfe ruhelos über die Pornobilder, denn er wisse gar nicht, wohin er zuerst schauen sollte, er wolle eigentlich alles gleichzeitig sehen, in sich einsaugen und seine Phantasie antreiben, die zu diesem Zeitpunkt ohnehin schon ihre eigenen Kapriolen schlüge und ihn noch viel heißer mache als zuvor, er wisse schon, dass diese Zeit, die er mit sich selbst verbringe, keineswegs das Tollste sei, was er sich vorstellte, aber immerhin besäße er dieses Wenige, wenn schon sonst nichts liefe, und wenn er besonders aufgekratzt sei, dann erhöhe er die Spannung noch, ramme sich durchaus einen Gummistab hinten rein oder packe den Hodensack, um ihn zusammenzupressen, das verstärke den Druck, und dann ginge ihm sehr rasch einer ab, da laufe dann eine rhythmische Verkrampfung durch seinen Körper und der Samen spritze auf den Boden, das sei der Moment, dem er jeden Tag, manchmal sogar mehrfach, hinterherhechle, den er wie ein Getriebener wiederholen wolle, denn mit den Pornos sei das eine unkomplizierte Sache, die ihn für Augenblicke sogar vergessen lasse, dass er in seinem ganzen Leben kaum Besseres erlebe.

informell

Gewiss könne eine solche Lösung zu ganz anderen Vorgangsweisen führen, zahle sich eine genaue Prüfung allemal aus, denn noch niemals sei es vorgekommen, außer vielleicht in der Geschichte, die doch bekanntlich totes Beiwerk eines Schulunterrichts darstellt, dass eine Möglichkeit, die profitabel erscheint, einfach unter den Tisch gefallen wäre, nein, das höre sich völlig widersinnig an, schwachsinnig gar, und das wollen wir doch nicht sein, schwachsinnig, nicht wahr?, auch wenn manche in dieser Runde gewisse Insuffizienzen an den Tag legten, doch genau aus diesem Grund veranstalte der Vorstand gesellige Zusammenkünfte wie diese, einen richtigen Event quasi, glänzend, aufregend und elfenschön, sodass jeder mit dem Gefühl von hier fortgehe, am heutigen Tag etwas wirklich Wichtiges getan, etwas Wunderbares erlebt zu haben, wovon er noch Jahre zehren wird, und aus diesem Grund sei es eine sonnenklare Sache, dass einer Eingabe wie jener, die angesprochen wurde, selbstverständlich nachzugehen sei, um alle Eventualitäten und Zweifel bereits im Vorfeld auszuschalten (nicht umsonst verteidige man einen Namen, den alle Welt kennt) und die berühmte Straße zum Erfolg nicht nur zu ebnen, sondern von allen Kieseln und den zurückgebliebenen Mugeln freizuräumen, nur so sei es richtig und gelte auch in den oberen Etagen eine Menge, also müsse alles korrekt ablaufen, und um einen letzten (wie immer wertvollen) Rat zu geben: beachten Sie, ja, bedenken Sie bitte die Geschichte!

jung

Am Samstag habe er überhaupt keine Zeit, da sei er eingeladen, zu einer Party, auf die er sich schon freue, außerdem gäbe es da ein nettes Mädel, das er unlängst kennenlernte, und irgendwie sei er gerade dabei, sich in sie zu verlieben, sie studiere allerdings Medizin, das passe zwar nicht gerade zu seiner philosophischen Richtung, aber immerhin resultierten daraus äußerst interessante Gespräche, und am Freitag müsse er zu einer Ausstellung, die nicht mehr lange läuft, das bedeute also, dass er sich erst nächste Woche auf die Prüfung vorbereiten könne, aber das mache ohnehin viel Spaß, weil es sich um ein interessantes Thema drehe, jedenfalls wolle er danach einmal so richtig ausspannen, sich ausruhen vom Lernstress und an etwas ganz anderes denken, vielleicht stünde ihm dann der Sinn zum Bummeln, in der Stadt war er schließlich schon lange nicht mehr, weil er immerzu mit der U-Bahn fahre, aber weil er gerade daran denke, könne er sich auch vorstellen, dass ich ihn zur Ausstellung begleite, die hätten sich wirklich viel Mühe gegeben und das müsse man doch genießen, schwärmte er und sah mich mit einem fragenden Blick an, sodass ich das Gefühl nicht loswurde, in meinen eigenen Zwanzigern irgendetwas verbockt zu haben.

juridisch

Warum er so spräche, fragte er mich mit ehrlicher Empörung, das liege doch auf der Hand, denn wenn er auf offener Straße, geradezu aus dem Hinterhalt, von einem, wie er jetzt glaube, heimtückischen und vermutlich etwas verrückten Motorradfahrer in einen Autounfall gezogen werde und er dann, nebst den horrenden Auslagen, die er in der Folge zu leisten habe, auch noch den Prozess verliere und für die entstandenen Kosten nachhaltig aufkommen müsse, weil seine Zeugenaussage, da er auf dem Rücksitz gesessen, nichts zählte und die Versicherung der Gegenseite plötzlich mit uralten Bestimmungen der Straßenverkehrsordnung antanze, denen zufolge zumindest zwei Drittel aller Autofahrer augenblicklich kriminalisiert werden könnten, dann gebe er alles und vor allem die Vernunft verloren, und er sog die Luft lautstark durch die Nase, bevor er in resignierendem Tonfall eingestand, das ganze so genannte Rechtssystem sei wohl, wie so vieles, für die Reichen und Mächtigen in diesem Land gebaut, damit sie den anderen Teil der Bevölkerung noch wirkungsvoller in Schach hielten.

kleinkariert

Die Vermutung tat weh, o ja, doch zeigte sich mir keine Alternative, keine Erklärung und auch kein Ausweg, immerhin erlebten wir seit Jahrzehnten einen Ausverkauf dessen, was so deutschtümelnd Volkseigentum hieß, und das passte genau auf die Situation, die mir so zuwiderlief, denn es waren eigentlich immer deutsche Unternehmen, die österreichische einkauften, übernahmen und sich einverleibten, da spielten die anderen Nationen gar keine Rolle und sogar die Multinationalen unterhielten höchstens Filialen in unserem Land – unbedeutende Ableger fremdländischer Zentralen, billige Kontore ohne eigene Entscheidungsgewalt –, folglich traten fast ausschließlich bundesdeutsche Firmen auf den Plan und drängten sich in die heimischen Führungsetagen, um schließlich den gesamten Besitz in ihre Konzerne überzuführen, ein Phänomen, das in der Weltwirtschaft zwar nichts Neues darstellte, aber in Österreich doch einen speziellen Anstrich besaß, weil die Verkäufe stets an unsere nördlichen Nachbarn gingen, da fielen mir sehr wohl des Öfteren die Machenschaften während der nationalsozialistischen Annexion ein, doch wenn ich mich zurücknahm und beruhigte, die Sache mit etwas Objektivität und Fairness abwog, wurde sofort augenscheinlich, dass zu einer Veräußerung immer zwei gehörten, also auch die Österreicher mit offensichtlicher Wonne ihr Eigentum verscherbelten und zwar besonders willig an die Deutschen, denn da blieb ihnen sogar die Herumplackerei mit einer Fremdsprache erspart, und wie ich darüber sinnierte, warum überhaupt ein solch intensiver Ausverkauf betrieben wurde, fiel mir der geschichtliche, jahrhundertelange Drill auf Demut und Untertänigkeit auf, der sich in unserer Mentalität nicht nur abgelagert, sondern eingegraben und verwurzelt hatte, und da mutmaßte ich, dass meine Landsleute vielleicht gar keine Verantwortung übernehmen wollten und deshalb möglichst rasch jeden Besitz devot an die industriellen Preußen und Hessen abschoben, um sich weiterhin unbekümmert in vertrauter habsburgischer Unterwürfigkeit zu üben.

korrigierend

Ein Wal ist kein Fisch, fuhr ich auf, denn ich hatte kein Verständnis für irreführendes Durchmischen von im Grunde deutlich voneinander abgegrenzten Benennungen, ja ich hasste diese Eigenheit, wo sie doch auf Bequemlichkeit beruhte, auf Denkfaulheit und Wurschtigkeit, die einem Kind noch nicht auffielen, und so klang es glaubhaft, gesprochen von einem Erwachsenen, absolut überzeugend, obwohl es schlichtweg falsch war, und ich hielt ihr vor, unserem Sohn Unrichtiges beizubringen, doch besaßen wir die Pflicht uns zu bemühen, dass solches nicht geschah, stellten sich Fehler in seinem Leben ohnehin noch von selber ein, da brauchten wir nicht noch eins draufsetzen und den jungen lernenden Geist mit verqueren Ideen vollstopfen, damit er am Ende nicht mehr wüsste, wo sich oben und unten befänden, also wies ich sie darauf hin, auf ihre Worte zu achten, daran zu denken, dass sich alles eines Tages rächte, wenn schon nicht bei uns, dann zumindest bei ihm, und das hatte sie doch nicht im Sinn, ich beschwor sie, in sich einzukehren und wenn sie zweifelte, einen Kundigen zu befragen oder ein entsprechendes Nachschlagewerk zu Rate zu ziehen, schließlich könne man nicht alles wissen, und bevor sie noch zu ihrer Entgegnung ansetzte, zum trotzigen Gegenangriff, der sich in gewohnter Weise bereits in ihren Pupillen abzeichnete, dachte ich insgeheim, wie schön es wäre, nun auf einer einsamen Insel zu sitzen und den Walen zuzusehen, die keine Fische sind.

kunststoffarm

Nur ein Dummkopf übersähe diesen Umstand, sinnierte ich, nur ein Dummkopf wäre nicht in der Lage, die schwelende Bedeutung des Materials zu erkennen, das im Rahmen der Arbeiten mehr zufällig denn geplant entdeckt worden war, und ich frohlockte insgeheim, dass unsere zukünftige Produktion nicht mehr von den Polyfasern abhing, die uns der chemischen Industrie regelrecht ausgeliefert hatten, mit all den impliziten Nachteilen, von einer möglichen Giftigkeit der Stoffe bis hin zu dem unverhohlenen Druck, den das Management der Lieferanten auf unsere Rechnungslegung ausübte, während ich gleichzeitig Pläne schmiedete, dem Vorstand eine geeignete Marschrichtung unterzujubeln und die Vision des Unternehmens nicht nur zu justieren, sondern geradezu auf den Kopf zu stellen.

lachend

Mit Tränen in den Augen, mit dicken, geschwollenen Tränen, die eine nach der anderen über die Lider traten und ihren Weg geradewegs über die Wangen erschlossen, hielt er sich an der Straßenlaterne fest, zuerst nur mit einer Hand, dann mit beiden, deren Finger er allmählich hinter der Metallsäule verhakte, um nicht abzurutschen und sich nach hinten lehnen zu können, damit er den Lachkrampf, der ihn seit Minuten schüttelte, ein Äuzerl dämpfte, ihn quasi wieder in die richtigen Schranken verwiese, um sich letztendlich zu fangen und eine Ernsthaftigkeit an den Tag zu legen, die nicht nur die ihn begleitenden Freunde dazu triebe, ihn wieder für voll zu nehmen, sondern auch den Personalchef des multinationalen Unternehmens, dem er zwanzig Minuten später einen Besuch abstatten durfte, um ihn von den herausragenden Qualitäten eines potenziell neuen Mitarbeiters, nämlich seiner Wenigkeit, zu überzeugen und mit gedachten Fanfaren und Freudengeschrei (letzteres wohl sehr realistisch und laut, aber erst nach dem wichtigen Treffen, am besten in jener Bar, in der die Freunde inzwischen ausharrten) ins Firmengebäude einzuziehen, dort für die nächsten Jahre feste Wurzeln zu schlagen, sich unverzichtbar zu machen, eine Menge goldene Sterne an seine Fahne zu heften und den Geschäftspartnern der Firma beizubringen, auf welche Weise in diesem Land Wirtschaft betrieben wurde, ohne dabei lediglich auf chemisches und mechanisches Urassen zu setzen, das in der Vergangenheit weite Landstriche nicht nur beeinträchtigt, sondern regelrecht verschlungen hatte und ihm deshalb seit Langem ein Dorn im Auge war, den er auf die ihm eigene radikale Art herauszuziehen gedachte.

latent

Und es spielte keine Rolle, dass sie, nachdem der Wagen bereits ins Rutschen geraten war und den Straßenrand entlangschliff, erschrocken auf die Bremse stieg, ja im Grunde verschlimmerte dies ihre prekäre Lage, denn sie glitt bereits führungslos über den regennassen Asphalt, und die Fliehkräfte zogen das Fahrzeug nach der abschüssigen Kurve im Waldstück stets abwärts, schleuderten das Heck nach links und nach rechts und stellten es letztendlich voran, sodass die Vorderreifen sich tief ins Geröll der abfallenden Böschung gruben, gleich neben dem Randstein, dessen Höhe exakt jener der Chaussee entsprach, die Nässe hatte jede Haftung auf der Fahrbahn derart aufgeweicht, dass sich sogar eine gemäßigte Geschwindigkeit, eine typische Stadtgeschwindigkeit, als zu hoch entpuppte, daher musste diese bereits vor der Linkskurve gedrosselt werden, was sie nicht getan hatte, und so reichte der Richtungsdruck auch nach mehr als siebzig Metern noch aus, um das am Straßenrand nahezu stehen gebliebene Automobil über den durch die ungewöhnliche Belastung geplatzten Reifen und die rechte vordere Ecke der Limousine zu rollen und mit dem gesamten Gewicht von Fahrwerk, Motor und Karosserie aufs Dach zu werfen, das im vorderen Bereich zwar einknickte und die

Windschutzscheibe zerbrach, das Glas jedoch in einem Netz hunderter Splittersprünge zusammenhielt, sodass die Fahrgastzelle beinahe intakt blieb und das kleine Kind, ebenso wie die Mutter, zwar kopfüber und erschrocken, aber völlig unverletzt in den Gurten hing und bloß ob der ungewohnten Stellung zu weinen begann.

lebensnah

Er denke oft daran, wie der Kleine sich traum-
geschüttelt rühre, überraschend aufheule und
sich von seiner Hand beruhigen lasse, die er
schlicht auf seine Wange lege oder mit der er
die seine fasse, danach ginge es dann wieder,
und insgesamt könne sein Sohn durchaus drei
Stunden schlafen am Nachmittag, aber natürlich
würde dies alles zunichte gemacht, wenn er am
Vormittag plötzlich erführe, dass er zu einer
Besprechung ins Firmengebäude musste, da
rutschte die ganze Regelung zur Telearbeit ins
Absurde, gewiss passiere das nicht sehr häufig,
aber jedes Meeting verschaffe ihm beträchtliche
Organisationsprobleme, und sogar wenn diese
lösbar waren, blieb das schale Gefühl, sein Kind
wieder einmal verraten zu haben, wenn er es am
Nachmittag verließ, mitunter stelle er sogar
fest, dass ihm an seiner Arbeit herzlich wenig
lag, die hehren Ziele des Vorstands wirkten fahl
und fern, er bevorzuge nämlich längst die Ge-
genwart des Buben, auch wenn er sich angesichts der Arbeit, die an einem Telearbeitsplatz
erledigt werden musste, nicht sehr intensiv um
ihn kümmerte, doch allein die kurzen Umarmun-
gen, die es zwischendurch gab, das gemeinsame
Mittagessen, das fallweise Wickeln und das In-
den-Schlaf-Wiegen hätten dermaßen an Wert
gewonnen, dass es ihm fehle, wenn er mehrere

Tage bei Kunden oder in der Firma verbrachte –
nicht einmal die sogenannte Karriere vermochte
ihn zu locken, denn er wisse schließlich, dass
sein Kind ohne auf ihn zu warten wuchs, und
was er in den ersten Jahren verabsäume, könne
er nie mehr nachholen.

legendär

Ein verschmitzter Ausdruck spielte um ihre Mundwinkel, als sie zu erzählen begann und von einer bekannten Tatsache sprach, dass nämlich das Spiel in ihrer chinesischen Heimat erfunden worden sei, allerdings war ihr entfallen, ob dies bereits während der Ming- oder der viel älteren Shang-Dynastie geschehen war, und sie meinte, am Beginn sei der Tisch gestanden, damals noch nicht grün, sondern simpel holzbraun, denn erst in späteren Jahren kam das Netz hinzu; die Erfindung gehe auf das Spiel zweier Freunde zurück, nämlich auf die Herren Ping und Pong, denen es eine unbändige Freude bereitet hatte, an den beiden gegenüberliegenden Seiten des Tisches Aufstellung zu nehmen und mit einem kleinen hölzernen Schläger ein noch kleineres Bällchen hin und her zu schlagen, ja, auf diese Weise sei das charakteristische Geräusch entstanden, das von den Herren Ping und Pong mit ihren eigenen, weil sehr ähnlich klingenden, Namen wiedergegeben wurde, es bürgerte sich also ein, dass Herr Ping, wenn er den Ball mit seinem Schläger schlug, die Silbe »ping« von sich gab, während Herr Pong, wenn er nun seinerseits den Ball mit seinem Schläger schlug, die Silbe »pong« aussprach, doch da die Chinesen von alters her ein sehr höfliches Volk sind, beschlossen sie bereits nach den ersten Spielen, jeweils den Namen des Spielepartners zu preisen, also rief Herr Ping jedes Mal, wenn er mit seinem Schläger nach dem Ball hieb, geflissentlich »pong«, während Herr Pong, wenn die Reihe an ihm war, freundlich »ping« sagte, und die Zuschauer wurden in der Folge von dem rasanten Spiel und seinem wahren Trommelfeuer von Pings und Pongs dermaßen irre, dass niemand sich mehr auskannte und vor allem keiner mehr wusste, welcher denn nun Herr Ping und welcher Herr Pong sei; aus diesem Grund entschied der Kaiser im fernen Beijing, das Spiel zukünftig ganz profan Tischtennis zu nennen, obwohl auch heute noch landläufig und in Erinnerung an die beiden honorigen Herren von Pingpong gesprochen werde, schloss sie schmunzelnd.

licht

Du sagst, mit dem Zwinkern, das so gern ich
sehe, dass du deinen Tag gekonnt um deinen
Finger wickelst, dennoch knöcheltief im Staunen
steckst und fragst, woher das leichte Schim-
mern stamme, und ich hebe meinen Kopf, ein
Lächeln spielt um meinen Mund, ich rufe: Sieh,
die Lampe hellt das Zimmer ohne Strom!, und
zögernd öffnest du die Faust, der Mondschein-
gruß in deiner Hand ist bloß ein Amuse-Gueule,
so zier dich nicht, beiß ab und wundere dich
dann nicht, wieso der Mückenschwarm dein
Augenlicht noch kess umtanzt.

luftig

Nicht einmal die Tasse Tee verscheuchte das flaue Gefühl, das mich seit dem Morgen quälte, also stand ich auf und begab mich ins Vorzimmer, versuchte mich dabei (aus dem Augenwinkel heraus) im Spiegel zu ertappen, da die Vermutung, ich würde lediglich brabbelnd dahintorkeln, nicht aus dem Kopf wich, und draußen zog ich meine Weste wie in Trance über, schlüpfte in die Schuhe und verließ die Wohnung, nicht ohne den Schlüssel zuvor in die Hosentasche gleiten zu lassen, ich trat vor die Aufzugtür, drückte die schwarze, schon etwas abgegriffen glänzende Taste und starrte eine ganze Weile auf das rote Lämpchen, das zwar brannte, aber, so schien mir, das Gewünschte keineswegs herbeizauberte, weswegen ich mürrisch dachte, dass wohl die Quasselstrippen des Hauses wieder einmal den Fuß nicht aus dem Fahrstuhl brachten, und während ich noch überlegte, ob ich abwarten oder zu Fuß hinunter sollte, kam der Moment, in dem ich mich teilte, in zwei Halbheiten nämlich, denn ich schaute richtiggehend zu, wie die eine Körperhälfte sich von der anderen löste und mit leise schmatzendem Geräusch zur Seite trat, dann aber, als ob damit nicht genug wäre, völlig unbefangen die Lifttür öffnete und in die Kabine stieg, die soeben erst angekommen, aber ich, voll der Überraschung, wagte nicht, mich von der Stelle zu bewegen und sah zu, wie die andere Hälfte meines Körpers hinunterfuhr und mir zuwinkte, worüber ich mich ehrlich freute, zumindest so lange, bis mir einfiel, dass sie es war, die den Wohnungsschlüssel in der Hosentasche trug.

magisch

Lacht er, so ist es das Lachen der Maske, der weißen Maske, deren Lippen sich unwirklich bewegen, und ein feuriger Mund auf den Zügen blasser Paste; die dunklen Augen indes, merke ich beklommen, fassen tief in die Herzen der Menschen und so frage ich mich, ob er mich sieht, ob er irgendjemanden aus unserem Kreise bemerkt, denn sein Blick geht zwischen uns durch, und niemals schließt er die Augen, währenddessen seine Hände, kontrapunktisch zu den Füßen, Gebilde aus der Luft schälen, die sich im Zuseher zu einem Gefühl wandeln; der Gaukler schneidet Grimassen zur Freude der Kinder, und sein Tun erinnert mich an afrikanische Schamanen, also möchte ich wissen, ob er, wenn er, wie jetzt, die Finger vor unseren Augen rieseln lässt, auch den Regen herbeiholen kann, und begreife allmählich, dass ich längst darauf warte, während ich immerfort seine Maske bestaune.

mittellos

Nun gut, es war ein Fehler, ein unglücklicher
Irrtum, dessen Tragweite erst durch die inzwischen bekannten Folgeerscheinungen zutage
getreten ist, ein Vergehen, das wohl nicht mehr
zurückgenommen werden kann, aber zukünftig
auf keinen Fall mehr passieren wird, denn nun
bin ich gewappnet, geeicht und natürlich auch
gewarnt, ich werde jederzeit mit äußerster
Sorgfalt meine Aktivitäten vorbereiten und tunlichst jene Handgriffe vermeiden, die letzten
Endes zur Kapitalvernichtung in einer Größen-
ordnung geführt haben, die noch zahlreiche
Spezialisten beschäftigen wird, und so bekenne
ich, mich im guten Glauben in diese Sache ver-
rannt zu haben, mit der Intention, keineswegs
irgendwelchen Schaden zuzufügen, sondern
ganz im Gegenteil so, wie es meiner Art entspricht, zur allgemeinen Bereicherung beizutragen, was in unser aller Interesse liegt, wobei
nach wie vor zu betonen ist, dass der ursprüngli-
che Ansatz eine Reihe bestechender Vorteile
besitzt, die zu nutzen mir zwar diesmal nicht ge-
lungen ist, die ich aber empfehle, nicht aus den
Augen zu verlieren, damit wir alle letzten Endes
als Sieger dastehen, und in Anbetracht dessen,
dass jede meiner Unternehmungen zuvor abge-
sprochen war, möchte ich an dieser Stelle ein
Alternativprogramm vorschlagen, das meines

Erachtens nicht nur die geschehene Entgleisung abschwächen, sondern, wovon ich, nach den zahlreichen Gesprächen, die ich in der Zwischenzeit mit den involvierten Personen führen konnte, zutiefst überzeugt bin, Möglichkeiten ungeahnter Zugewinne eröffnen wird.

namenlos

Eine kauernde Gestalt, mit dem Rücken an die Hauswand gedrückt, den Arm erhoben, zur Warnung, als Geste, das Schießen doch einzustellen, und an seiner Seite, verängstigt, das Antlitz an die Brust des Vaters gepresst, der Junge, er schrie, doch vergingen die Rufe im Lärm des Scharmützels, Minuten entsetzlicher Ausweglosigkeit, unausweichlich dazwischen, im Krieg, der Jahrzehnte schon andauert, zwischen den Mündungen beider Völker, ungehört und vom Bellen der Gewehre tonlos gemacht, aber zufällig, rein zufällig, gefilmt und als schweigende Klage der Welt vermittelt, über die Nachrichtenschirme, welche das Bild stechend und scharf in mein Gedächtnis stanzten, es währte nicht lang und das Kind verstummte, tödlich getroffen, an der Seite des Vaters, der hilflos und weinend die Arme erhob und den Körper des Knaben umfasste.

neidisch

Der Halm bewegte sich kaum merklich, sofern ich nicht überhaupt einer optischen Täuschung erlag, immerhin befand sich das dicke Glas zwischen meinem Auge und dem Heuschreck, ich konnte mir das Staunen bei meiner Beobachtung kaum verkneifen, denn obwohl der Molch, der bis vor Kurzem im dunklen Tümpel gesessen war, bereits den halben Unterkörper des Insekts verschlungen hatte, putzte dieses seelenruhig weiter, kümmerte sich ausschließlich um die Hygiene seiner Vorderbeinchen und Fühler und schaute weder nach links noch nach rechts, was der Lurch offensichtlich wusste und ausnutzte, denn anders vermochte ich mir das makabre Schauspiel nicht zu erklären, ich sah den beiden zu, bewunderte atemlos, wie die Zeit im Terrarium regelrecht stehen geblieben schien, obwohl ich, von einer mehr wissenschaftlichen Seite her betrachtet, lediglich den Beweis dessen miterlebte, dass diese Tiere über keine Schmerznerven verfügten, und allmählich begriff, dass ich dem Grashüpfer seine unheimliche Fähigkeit, die Auflösung des eigenen Daseins gar nicht zu spüren, von ganzem Herzen missgönnte.

notgedrungen

Sie habe eine ganze Schublade davon, lose
Blätter, aber auch Hefte und Notizblöcke, voll-
geschrieben von der ersten bis zur letzten Seite,
denn sie bewahre jede einzelne Zeile auf, wolle
sozusagen einen Beweis für ihr Tun in Händen
halten, denn, fügte sie hinzu, in ihrem Alter
merke man sich bei Weitem nicht mehr alles, sie
leide zwar an keinem Gedächtnisschwund oder
gar einer Krankheit wie Alzheimer, doch an
manchen Tagen wache sie in der Früh auf und
entsinne sich nicht mehr, wie sie den letzten Tag
und die vergangene Woche verbracht habe, und
da packe sie die Füllfeder aus und beginne zu
schreiben, zuerst stockend und allmählich immer
flüssiger, bis sie mit ganz konzentrierter Miene
Gedicht um Gedicht aufs Blatt bringe, ganz selten etwas korrigiere, aber dafür auch mal nach-
denke und in Erinnerungen grabe, da fielen ihr
dann auch die vergangenen Tage wieder ein,
während sie fabuliere und Verse schmiede, sie
könne zumeist gar nicht mehr aufhören und
müsse nur selten unterbrechen, eventuell weil
das Telefon läute oder fürs Klo, denn selbst das
Essen käme auf Rädern, sodass sie sich um
nichts mehr kümmern brauche, aber der Füller
sei ihr viel wert, sie besitze noch zwei weitere,
als Ersatz, quasi um sich abzusichern, denn sie
gelange niemals an einen Schluss, habe also

überhaupt keinen Anlass, das Papier eines Tages beiseitezulegen, denn sie fürchte, wenn sie mit hrer Poesie abschlösse, dann neige sich tatsächlich alles zu Ende, wirklich alles, und so lasse sie nicht locker, lasse das Leben, das sie dokumentiere, nicht los und schreibe jeden Tag ihre lyrischen Einfälle auf, wünsche sogar, die Nacht durchzuarbeiten, denn das Einschlafen beängstige sie zunehmend, und sie atme jedes Mal tief durch, wenn sie frühmorgens die Augen aufmache, die vier Wände ihrer Stube wiedererkenne und sich darauf freue, den Federhalter abermals zu öffnen.

orgiastisch

Meinungsverschiedenheiten seien die eine Sache, sogar Auffassungsunterschiede profunder
Natur könne er sich vorstellen, doch fehle ihm
das Verständnis für Aggressionen jeglicher Art,
er verabscheue Gewalt und erwarte sich von
jedem anderen Menschen, egal welcher Herkunft, eine ähnlich klare Abgrenzung, aber der
Wahnsinn, der sich nun in der Welt und in den
Köpfen vieler einniste, die Verbrechen, die allmählich im Wochentakt passierten, die häufigen
Mordanschläge, die Dutzenden und oft sogar
Hunderten Toten und Verletzten, diese uner-
messliche Zerstörung, das hinterlasse in ihm ein
Gefühl der Ohnmacht und dann der blinden
Wut, und er frage sich, wie lange das noch gehen solle, äußerte er mit einem provokativen
Ton in der Stimme, wandte sich unversehens um
und schrie den arabischen Studenten an, dass
seine Kultur anscheinend daran interessiert sei,
jedwede Reputation für Jahrhunderte zu ver-
spielen, sich zum von völliger Taubheit geschla-
genen Henker der ganzen Menschheit aufzu-
schwingen, eine Rolle in Anspruch zu nehmen,
die eigentlich niemandem zugedacht werden
dürfe, wobei dieser prekäre Zustand überhaupt
nicht stimmig sei, denn angesichts der offenkundig kriegerischen Gebete und Prophetensprüche
habe er nachgeschlagen und keinen einzigen

Hinweis auf eine Sinnhaftigkeit willkürlicher Blut-orgien und maliziöser Vernichtungsbestrebungen gefunden, ja er glaube sogar, dass es gar keine Selbstmord-attentäter mehr gäbe, wenn alle, die sich als Muslime bezeichneten, den Koran tatsächlich aufmerksam gelesen hätten, er schlug mit der Handfläche auf den Tisch, sodass der Araber erschrocken zusammenzuckte, und fuhr etwas versöhnlicher fort, ihm sei schon bewusst, dass man Leute wie ihn in Augenbli-cken wie diesem kollektiv beschuldige, doch besitze lediglich eine Kurskorrektur von innen die notwendige Authentizität und Nachhaltig-keit, und da müsse er sich schon gefallen las-sen, mit den monströsen Killern in einen Topf geworfen zu werden, solange er nicht alles in seiner Macht Stehende versuche, um den gräss-lichen Makel, der nunmehr gut sichtbar an sei-ner Religion hafte, wieder zu entfernen.

orthografisch

Gewiss könne sie auch etwas Toleranz an den Tag legen, aber im Grunde, und sie räusperte sich, gehe es um die Korrektheit des Textes, um die Ausgefeiltheit des Geschriebenen, das sie stets in der Nähe der Perfektion wissen wolle, schließlich sei nicht einzusehen, warum in der heutigen Zeit, wo einem die jedermann zugänglichen Computersysteme alle typografischen Sorgen mit Leichtigkeit abnähmen, ein Autor nicht fähig sei, das rumänische Wort *Piaţa* oder den Namen der, ebenfalls rumänischen, Küstenstadt *Constanţa* fehlerfrei zu schreiben, mit dem passenden diakritischen Zeichen, das nicht nur jedes moderne Betriebssystem, sondern sogar übersichtliche Menüpunkte der handelsüblichen Textverarbeitungsprogramme anböten, und wenn schon der Verfasser zu dämlich, ja, sie sage tatsächlich: zu dämlich, sei, sich in seiner Prosa auf die Fakten der Rechtschreibung einzulassen, dann müssten doch die Lektoren auf die Barrikaden steigen und das fehlerhafte Machwerk entweder zurückschleudern oder entsprechend berichtigen, damit nicht ein Leser, wie sie, verstümmelte Worte zu Gesicht bekäme oder, wie sie erst kürzlich erlebt habe, mit einer Aussprache konfrontiert würde, die in den Bereich der kulturellen Arroganz oder, und sie wisse, dass ihr Zorn nun den Ausdruck verdopple, des stümperhaften Dilettantentums gehöre.

porös

Selbst beim Ausstrecken suchte er nach einer
geeigneten Position, die ihm nicht nur bequem
schiene, sondern die Ritzen klein hielte, welche
sich rings um die Wanne geöffnet hatten, seit
er das Wasser eingelassen und sein eigenes
Gewicht die Belastung zusätzlich beschwerte,
Ritzen und Rillen, die ihm seit Wochen den
Schlaf raubten, denn sie bildeten den Eingang
ins Innere der Mauer, und auf der anderen Seite, hatte er mit Entsetzen festgestellt, im Nebenzimmer, genau dort, wo sich im Badezim-
mer die Rückseite der Wanne befand, wuchsen
kreisförmige Kolonien von Schimmelpilz, ver-
strömten ihren giftigen Geruch im Raum und
boten dem kriechenden Ungeziefer, das in
dunklen Massen für wabernde Bewegung sorg-
te, eine wahrhafte Heimstatt, also tat er sein
Möglichstes, die Öffnungen an den Rändern,
die ausschließlich bei gefülltem Bade aufrissen,
nicht noch mehr zu weiten, und vollführte alle
Regungen überaus gemächlich, um ja keine
Wasserspritzer an die Wand und in die Spalten
zu jagen, welche jede Feuchtigkeit durch dün-
ne, haarähnliche Kapillaren oder schwammarti-
ge Mauerstrukturen auf die andere Seite der
Wand und vielleicht – schließlich hatte er bisher lediglich nichts davon gehört – sogar in die
Wohnungen der Nachbarn trieben, wo sie groß-

flächige Wasserflecken und Haine von Pilzbewuchs hervorriefe.

quirlig

Keine besonderen Bewegungen, sagte der alte
Mann, nichts Ausfallendes, einfach, ja, wie jeder
eben lebt, geht, Stiegen steigt – als ob er das
noch täte! – einen Spaziergang unternimmt,
Besorgungen macht, ja und ab und zu, da gönne
er sich einen Nachmittag in der Therme, im
warmen Wasser, ein wenig Schwimmen, aber
das tue ihm gut, außerdem belaste es den Rücken nicht, erklärt jeder Arzt, Schwimmen sei
sogar eine exzellente Therapie für Beschwerden
der Wirbelsäule, aber trotz der angeblich so
exorbitanten Wirkung habe er es allmählich satt,
denn immerhin, gab er zu bedenken, murkse er
inzwischen vierzig Jahre mit diesem Problem
herum, ja, wichtige Arbeiten an einer neuen
Wohnung hätten den Schmerz ausgelöst, damals, als er noch jung war, die Bandscheibe
habe es zerrissen, zwar nur an einer einzigen
Stelle, doch das genügt in der Regel, um die
Gallertmasse austreten zu lassen, und vor allem
könne man nichts mehr dagegen tun, die Be-
schädigung bleibt, wie eine Wunde, die nie wieder zuheilt, man lernt lediglich, damit umzuge-
hen, den Prolaps sein ganzes Leben lang mitzu-
schleppen und keine großen Sprünge mehr zu
machen, quasi einen Gang zurückzuschalten,
alles etwas langsamer zu betrachten, und eigentlich, murmelte er versunken, habe man mehr

Zeit zum Genießen – freilich sei das nichts weiter als eine Selbsttäuschung, denn die Zeit zerrinne zwischen den Fingern, und bevor man es merke, habe man einen Großteil des Lebens verschlafen, aber nun verstärke sich auch der Schmerz, die Bandscheiben meldeten sich häufiger, und er gäbe viel dafür, die paar Jahre, die ihm noch blieben, mit einem jungen Rückgrat zu verbringen.

raffiniert

Ja, was denn sonst, entgegnete er tief entrüstet, was anderes solle das sein als ein Vorgaukeln beruhigender Schimären, die absichtlich dermaßen intrikat gestrickt wurden, dass kein normaler Mensch sich mehr traue, dieses Knäuel hanebüchener Behauptungen zu entwirren, schließlich habe die Kirche Jahrhunderte gebraucht, ihr Netz so fein zu knüpfen, dass keiner mehr ohne lebensbedrohliche Abschürfungen durch die Maschen rutschen könne, und, holte er tief Luft, es liege auf der Hand, dass Erzählungen von einer Belohnung nach dem Tode – man müsse sich das einmal auf der Zunge zergehen lassen: nach dem Tode, und nicht vorher, auf Erden –, dass also jene Erzählungen den verständlichen Ärger über Ungerechtigkeiten und die vielen politischen und sozialen Schweinereien, die allerorts auf der Tagesordnung stehen, schon im Vorfeld abschwächten und häufig völlig ausmerzten, denn das, bemerkte er mit eindringlicher Stimme, halte die Massen, die einfachen Menschen, ja die Armen dieser Welt im Zaum, pferche sie in eine Vorstellung jenseitiger Gerechtigkeit ein, die den Mächtigen freie Hand lasse, ihren rücksichtslosen Ansprüchen zu frönen, ohne dass sie jemals einen Gedanken darauf verschwenden müssten, ob andere sich dadurch angegriffen oder verletzt oder in die Ecke gedrängt fühlten, eigentlich könne jeder, der es zuließe, deutlich erkennen, wie gewitzt die inzwischen jahrhundertealte Taktik jeden Bereich des Daseins durchdringe, und dass zwischen Klerikern und weltlichen Fürsten (den heutigen Wirtschaftskapitänen und Staatstragenden) immer schon eine gewisse Allianz bestanden habe, verrate jeder einigermaßen brauchbare historische Leitfaden, führte er aus und rümpfte die Nase, aber das wirklich Gefährliche sei das demütigende Spiel mit den tiefsten Empfindungen der Menschen, mit ihrem innersten Wesen und allem, was ihre Identität ausmache, denn auf diese Weise gerieten die von purer Scheinheiligkeit Verführten – wie die Geschichtsschreibung mühelos nachweise – zu wahrhaft mörderischen Furien, weil sie nicht wahrhaben wollten, dass in Wirklichkeit sie als die Betrogenen dastünden.

räudig

Das Prinzip hatte ich verstanden, zumindest schien es mir stimmig, da offiziell alles zum Wohle der Kinder geschah und hinter den Kulissen dem Rudel der Männer fast jedes Recht entzogen wurde, ohne ihm jedoch die finanziellen Verpflichtungen zu erlassen, ganz im Gegenteil, diese hob die Richterschaft auf ein Niveau, das es in der Ehe oder Lebensgemeinschaft niemals gegeben hatte, mir war schon vor dem Scheidungstermin klar gewesen, dass ich aus der Wohnung gejagt würde, aber im Grunde stand diese ohnehin nur für ein viel wichtigeres Recht, nämlich jenes, den gemeinsamen Nachwuchs erziehen zu dürfen, denn ja, darum ging es eigentlich, die Kinder blieben stets automatisch bei der Mutter, das wurde als ihr natürliches Recht betrachtet, Mama und Kinder, das passte zusammen, während der Papa angeblich bindungslos in der Wildnis herumstreunte, tatsächlich musste ich mich als Vater sogar in Acht nehmen, nicht allzu laut dagegen zu protestieren, weil ich dann zusätzlich den Verlust des Besuchsrechts riskierte, jedenfalls verfügten die ungeschriebenen Regeln, dass immer die Frau die Wohnung behielt und der Mann das Auto, ein wohl äußerst fragwürdiger Tauschhandel, doch so weit war mir alles klar, ich begriff indes nicht, warum sich die sogenannte Teilung noch tiefer erstreckte und eine Reihe von Details betraf, weswegen etwa jeder Hausrat im Heim der ehemaligen Partnerin blieb, weder Bettüberzug noch Besteck durfte ich mitnehmen, ich fühlte mich an eine Leine gelegt, durfte die Dinge, die in meinem Leben eine Rolle spielten, zwar erschnuppern, aber sonst nichts, und so hatte ich das Haus zu verlassen, von meinen Kleinen Abschied zu nehmen, in deren Augen zwangsläufig ich als der Bösewicht dastand, denn schließlich war ich es ja, der sie verließ, eine Konstellation, die manche Frauen, so hatte ich gehört, zu ihrem Vorteil missbrauchten; ich aber zog von dannen, zumindest im Bewusstsein, meine Kinder so oft sehen zu können, wie ich wollte, ausgestattet mit einem Auto, das bald auseinanderfiel, auf der langwierigen Suche nach einer günstigen Hütte, jedoch ohne Lappen und Fressnapf.

riechend

Der Notizblock segelte zu Boden, getragen von den wenigen Luftströmungen, die mir geradezu teigig dick vorkamen und kaum freies Atmen zuließen, der Aufprall einen halben Meter vor dem Drucker tönte dumpf, und ich schloss das Notebook, ohne den Standbymodus zu aktivieren, zog das Netzkabel ab und zuckte mit den Schultern, als mein Kollege fragend herübersah, klemmte den Computer unter die Achsel und verzog mich grußlos, zumal mir die fadenscheinige Doppelzüngigkeit der Geschäftsführung zum Hals heraushing und mir in ein paar Jahren wohl nichts als Magengeschwüre verursachen würde, wenn ich es nicht schaffte, mich nicht nur rechtzeitig von den Machenschaften zu distanzieren, sondern am besten jede Nähe radikal auszulöschen und einen neuen Anfang zu finden.

romanesk

Я не знаю, sagte er, я не знаю, замечает ли она меня, und lehnte sich seufzend mit dem Rücken an die Stuhllehne, schloss einen Moment die Augen und meinte, это трудная ситуация, но такая надежда ..., und ich wusste, dass er wieder davon beginnen und von seiner Hoffnung erzählen würde, von der Sehnsucht, die ihn auch in der Fremde nicht verlassen hatte, und immer, wenn er in diese Schwermut verfiel, fragte ich mich, ob er von der Frau sprach, die er verloren hatte, oder von der Heimat, von den Wäldern der Jugend, von den Gefilden, die in seinem Innern so präsent waren wie der Lärm, der uns umgab, ich fragte mich, ob er diesmal bereit wäre zurückzugehen, in jenes Land, das mir inzwischen so vertraut war, als hätte ich es mit eigenen Augen gesehen, doch als er später, nach einer ganzen Stunde und drei oder vier Gläsern des Likörs, den er nur in diesem Café zu bestellen pflegte, kaum merklich den Kopf schüttelte, die Luft hörbar in die Nase sog und beide Handflächen nach oben drehte, als fügte er sich in sein Schicksal, ahnte ich die Worte, die seinem dunklen к сожалению stets folgten.

sandig

Die Finger sorgfältig befeuchtet, streckte er beide Hände durch, sodass die Handflächen ganz glatt wurden, drückte die eben entstandene Wand von beiden Seiten sachte zusammen und zog sie damit ein gutes Stück höher, um kurz darauf die einzelnen Zinnen zu kerben, gezielt und konzentriert, die Zunge zwischen den Zähnen halb herausgestreckt, wie immer, wenn er sich anstrengte, und ein paar Minuten danach setzte er sich auf die Fersen, lehnte sich förmlich zurück, um sein Werk zu betrachten, die Sandburg, die inzwischen stattliche drei Meter in die Länge gewachsen, mit mehreren Gebäuden, dem Bergfried als Mittelpunkt, und eckigen Wehrtürmen zu allen Enden, er schnalzte mit der Zunge und sah, trotz seiner erst sieben Jahre, sehr erwachsen aus, besonnen und geläutert, wissend um die Essenz des Lebens und willens, dem Hochgefühl, das er nun empfand, eine Chance auf Verlängerung zu geben, er stand schließlich auf und blickte herum, suchte nach Anerkennung und Lob, bemerkte die andern, die Kinder, die sich allmählich um sein beachtliches Bauwerk versammelt hatten, und glaubte innerhalb von Sekunden zum unangefochtenen Fürsten der Sandburgen aufzusteigen, zum Grafen, der es sich erlauben konnte, den Ehrfürchtigen Einlass zu gewähren oder zu verweigern, er drehte sich herum, lächelnd und froh, aber das Grinsen der Umstehenden als verschämte Verlegenheit missdeutend, da niemand ihm bisher gesagt hatte, dass Neid und Missgunst menschliches Handeln beherrschten und die gesamte Sandkonstruktion in jenem Augenblick, in dem sie begonnen hatte, sich aus der Masse zu erheben, ihrem eigenen Untergang geweiht war.

schillernd

Natürlich konnte man einen solchen Effekt auch auf die gewollt beruhigende Wirkung der über den Lautsprecher auf die Straße posaunten Worte zurückführen, um einer simplen, gefälligen und vor allem logischen Erklärung keinen Hemmstein in den Weg zu legen, doch passte mir dieses aalglatte Taktieren nicht ins Konzept, da es eher einer verlegenen Ausrede denn einer vernünftigen Lösung glich, und ich schloss, während ich vorsichtig anhielt, die Augen, um mich nun ausschließlich auf das Farbenspiel des kaleidoskopischen Feuerwerks heller und dunkler Punkte zu konzentrieren, die nicht nur von den Rändern meines Gesichtsfeldes, sondern vom gesamten Sehbereich Besitz ergriffen hatten, sofern ich das in meiner andächtigen Haltung bestimmen konnte, und immer mehr dazu führten, dass ich den Willen zur Unterscheidung zwischen eigenen und wohl notwendigen Erfordernissen sowie jenen, die mir zwar ohne Zweifel erstrebenswert schienen, aber im Grunde lediglich ein mit den Jahren gewachsenes und durch andauernde Unzufriedenheit genährtes Wunschdenken ausdrückten, mit allem Nachdruck verlor.

sehnsüchtig

Gleich einem stets verdrängten Traum, einer
Vorstellung, wie ich sie nächtens auszumalen
pflege, und dennoch geht es nicht um Einbildung,
sondern um etwas Erlebtes, an das ich mich immer wieder erinnere, an das ich zurückdenke, in
einer ruhigen Minute, in der du mir in den Sinn
kommst, ich sehe dich, wie du damals (vor wie
vielen Jahren eigentlich?) plötzlich im Park er-
schienen bist, in jenem begrünten Innenhof, der
sich zu einem kleinen Kinderparadies mitten in
der Stadt entwickelt hat, und ich dachte zuerst,
die sind alle so unansehnlich, diese Mütter, aber
dann standest plötzlich du vor mir, völlig unerwartet, und während du mir vorgestellt wurdest,
als jemand, die in denselben Genossenschafts-
bau einziehen würde wie wir, da fiel mir innerlich
die Kinnlade hinunter; natürlich ließ ich mir
nichts anmerken, gab artig die Hand, wie ich das
immer tue, grüßte besonnen und fast schüchtern, denn ich bin nicht jemand, der gleich mit
Hallogeschrei aus sich heraus kann, aber das
hast du inzwischen gemerkt, obwohl dir sonst
nichts aufgefallen ist, denn dass ich dich immerzu angehimmelt habe, das scheint dir entgangen
zu sein, und ich traf keinerlei Anstalten aufzufal-
len, denn ich akzeptierte dich als Bekannte und
als Nachbarin, und so, wie ich dich nach und
nach kennen gelernt habe, halte ich es für völlig

undenkbar, dass du meinen aufgewühlten Gedanken irgendetwas Positives abgewinnen könntest, also schweige ich, betrachte dich insgeheim, wenn du einmal auf einen kleinen Tratsch vorbeikommst, versinke unscheinbar in deinen Augen, lausche genussvoll deiner Stimme und beobachte die Bewegungen deiner Hände, wenn sie im Haar spielen, über die Unterarme streichen und Gesten vor mir ausbreiten, in die ich mich richtig einwickeln möchte, und noch viel verstohlener ist mein Blick in deinen Ausschnitt, um den Brustansatz zu erkennen, aber wenn ich dich im Bikini sehe, oben, am Dachschwimmbecken, dann zermartere ich mir das Gehirn, weil ich gern wüsste, wie du wohl ohne Höschen aussiehst, und so schließe ich die Augen, atme tief durch und mühe mich weiterhin mit der belanglosen Wirklichkeit ab.

selbsterklärend

Das Thema glaubte ich treffend zu skizzieren, ich war richtig stolz darauf, nicht wie andere zu kneifen und mich auf Ausflüchte zu besinnen, sondern den Kindern die Frage, was denn eigentlich Sperma sei, mit ruhiger Stimme und so einfach wie möglich zu erläutern, den ersten Ansatz der wissenschaftlichen Befruchtungsdarstellung ließ ich nämlich sofort wieder fallen, als ich die großen Augen und offenen Münder gewahrte, ich suchte nach Bildern und freute mich, sehr bald etwas zu finden, das mir logisch erschien, und ich sprach von den vielen möglichen Brüdern und Schwestern, die sich beim Liebesakt den Weg ins Freie suchten, dann korrigierte ich mich, denn im Grunde handelte es sich ja nur um halbe Geschwister, denn die andere Hälfte lauerte in der Mutter, und nur wenn die beiden sich trafen, ja dann erst könnten sie den Bruder oder die Schwester tatsächlich in die Arme schließen, und ich sah, dass sie nickten, wissend lächelten und, das war meine Vermutung, alles in wunderbarer Weise begriffen hatten, weil es so plastisch klang, doch als ich die Kinder ein paar Tage später mit einem riesigen Bogen Packpapier im Zimmer antraf, den sie mit Myriaden winziger Zeichnungen bedeckten, und mich erkundigte, welch grandiosen Gegenstand sie denn heute malten, blickten sie nicht ohne Stolz auf und säuselten fröhlich: Sperma!, worauf ich genauer hinsah, verwundert zuerst und dann perplex, und angesichts der bunten Ketten von Kinderfiguren, die jeweils nur ein halbes Gesicht, mal eine rechte, mal eine linke Hälfte, ein Beinchen und ein Ärmchen besaßen, mit denen sie sich notdürftig einhängten, umklammerten und einander Halt gaben, sodass in der großen Gesamtheit die viskose Eruption entstand und das ganze Blatt bekleckerte, fragte ich mich, was ich trotz der aufrichtigen Intention verkehrt gemacht hatte.

spitzfindig

Und am Ufer des Nil ist es genauso wie am Ufer des Amazonas, sprach der Junge, nur die Sprache ist anders, weil da nämlich andere Menschen wohnen, solche, denen man ansieht, dass ihre Arbeit auf den Feldern einer Fron gleicht, ähnlich jener, die ihre Vorfahren erdulden mussten, aber eigentlich, korrigierte er sich nachdenklich, stimmt die Geschichte mit den Vorfahren gar nicht, denn sie waren aus einem ganz anderen Land gekommen, aus der Wüste nämlich, wo Sandstürme so heftig toben, dass nicht einmal mehr feinsinnige Gedanken in der Lage sind, sich ohne Hilfe vom Boden zu erheben, in die vor Hitze schwirrenden Lüfte zu steigen und den Pfad der Oasen, der sehr viel Durst verursacht, für ein heiteres Lied zu verlassen, es spielt im Grunde auch keine Rolle, mutmaßte er, während die Finger seiner Linken auf der Handfläche der Rechten tanzten, denn am Ufer des Nil ändert sich alles, wenn die Sonne versinkt und nächtliche Finsternis vom Herzen der Wanderer Besitz ergreift, wenn die Geräusche des Tages der sanften Stimmenmusik der Sommernacht weichen, das ist gut so und gewollt, ganz gewiss gewollt, obwohl wir Menschen uns anmaßen, den Dingen anzuschaffen, nicht nur ihre Herkunft zu bestimmen, sondern auch ihr Schicksal festzulegen, aber das kann nicht gut gehen, am Ufer des Nil, denn hier herrscht eine andere Zeit, erklärte er bedeutsam nickend, so als wollte er den Worten besonderen Nachdruck verleihen, eine Zeit, wie wir sie sonst nicht anzutreffen imstande sind, weder hier noch anderswo, denn dazu braucht es das feine Licht dieser Gegend, den herb-trockenen Duft der Tamarisken und das heitere Lachen der Kinder, die an diesen Ufern spielen, es ist ein Lachen, das uns tief anrührt, so, wie nur Kinder lachen können, am Ufer des Nil ebenso wie am Ufer des Amazonas.

suchend

Und ich steckte den Plan in die große Schenkeltasche, die sich glücklicherweise genau dafür eignete, hob den Kopf und versuchte den Wirrwarr von Schildern, Anzeigetafeln und Lämpchen zu durchdringen, um zumindest die rudimentären Informationen zu erfassen, die mir ermöglichen würden, mein Ziel, das jedoch insgeheim ob der zahlreichen zuvor ungeahnten Hindernisse zunehmend verblasste, noch im Laufe dieses Tages zu erreichen, damit ich mich am Abend auf die bisher nur von digitalen und per Computer zugestellten Fotos bekannte Veranda setzen und die Beine bequem ausstrecken konnte, außerdem wollte ich nicht gleich einem modernen Städte-Odysseus in den unterschiedlichsten, bunten, aber fremden, Linien herumgondeln und mich über die auffällig mangelnden Fremdsprachenkenntnisse der hiesigen Bewohner ärgern, sondern das Gespräch mit jenen suchen und genießen, die seit Jahren geduldig und mit sichtbarer Freude meine Briefe beantwortet, die Ereignisse meines Lebens so geistreich und freundlich kommentiert und vom eigenen doch so wenig preisgegeben hatten.

totenstarr

Die Hand auf dem Mund, biss ich beinahe in den Daumenballen, während meine Augen bang auf den Bildschirm schauten und eine Szenerie ins Hotelzimmer holten, die absolut nichts mit der sonstigen Fiktion zu tun hatte, ich glaubte aufspringen zu müssen, um dem jungen Tschetschenen (er war gerade mal achtzehn) beizustehen, ihn an der Schulter zu fassen und fortzuführen von den Soldaten, lauter in etwa Gleichaltrigen, sie sprachen alle russisch miteinander, und obwohl ich große Brocken davon verstand, fixierte ich den Blick auf die Untertitel, in denen ich die flehenden Worte des Tschetschenen las, sein Gestammel, ebenso wie die andern, die Soldaten, leben zu wollen, er sprach von einem Mädchen, in das er sich zu verlieben hoffte, und von der Disco, einer in Moskau, die sie alle kannten, aber die Soldaten ließen die Leine nicht locker, die um die Handgelenke des Rebellen (so nannten sie ihn) geknotet war, sie sagten, dass er nun sterben müsse, sein Ende gekommen sei und er nichts mehr in dieser Welt verloren hätte, in der die Stadt seiner Eltern sowieso völlig zerbombt war, sie trafen ihre Anstalten in unsagbarer Ruhe, auf der fühlbar einsamen Landstraße, an deren Rändern trockene Gräser und Disteln wuchsen und die jede Annäherung bereits kilometerweit ankündigte, die russischen Soldaten führten den Tschetschenen ein Stück zur Seite, seine sporadischen Ausbruchsversuche stoppten sie mit der Fessel, völlig mühelos und ohne auch nur den Anschein von Ärger zu geben, denn sie hatten Zeit, viel Zeit (Zeit, die sie dem Gefangenen nicht zugestanden), und als einer der Soldaten ein Messer herauszog und die nicht mehr sehr scharfe Klinge prüfte, schluchzte der zunehmend Verzweifelnde, sie mögen ihn doch wenigstens erschießen, wenn sie ihn schon nicht freiließen, jedoch schüttelten die andern den Kopf, und dann ergriffen zwei seine Arme, warfen ihn auf die Knie und zwangen seinen Oberkörper hinunter, der Dritte setzte sich rittlings auf seinen Rücken, packte den Schopf und fuhr dem entmenscht Kreischenden mit der Klinge durch die Kehle, während gleichzeitig die Kamera schwarz abblendete.

überlegen

Aber nicht das Geringste habe es mit Koketterie
zu tun, säuselte sie, es gehe lediglich darum, die
Sichtweisen klar zu trennen und auseinanderzu-
halten, so wie es auch sonst im Leben gesche-
he, eigentlich mit allem, woran sie zu denken
imstande sei, und daher bleibe alles in guter
Ordnung, wenn sie schon vorab – nein, vielleicht
nicht vorab, nein, denn das könnte nach einem
frühen Einverständnis aussehen, das sie unter
allen Umständen bis zum entscheidenden Moment aufheben möchte –, wenn sie also zeitge-
recht (ja, dieses Wort passe viel besser) ein
Handtuch bereitlege und im Bett glattstreife,
sodass beider Becken darauf zu liegen kämen,
wenn es dann so weit wäre, aber vorab (jetzt
wirklich) müsse er sich schon um sie bemühen,
das heißt, schnaufte sie nachdenklich und zog
einen Schmollmund, er habe sie »heiß« zu machen (denn sie wolle ja nicht »aufgeilen« sagen,
ein schrecklicher Ausdruck), sich mit seiner
Zunge zu bemühen, auch wenn es eine Stunde
dauere, aber sein Züngeln stelle sozusagen die
technische Voraussetzung her, währenddessen
sie noch überlegen könne, ob sein Benehmen in
der letzten Zeit überhaupt entsprochen habe, ob
er sich allen Anordnungen gebeugt und ihre
Wünsche befolgt habe, ob er es denn verdiene,
wieder einmal (schließlich gäbe es das – bei

gutem Betragen – ein paarmal im Jahr) an ihren Körper dürfe, der ihm zwar, wie er nicht müde wurde zu betonen (und ihr damit saftig auf die Nerven gehe), tagtäglich den Verstand raube, aber sie verstehe schon, dass Männer da etwas anders geeicht seien und Dinge in den Vordergrund rückten, auf die es eigentlich gar nicht ankomme, jedenfalls, hob sie von Neuem an, berücksichtige sie die zurückliegenden Wochen und Monate, betrachte seine Worte und seinen Ton (unabhängig davon, ob es sich um einen originären Ausbruch oder vielmehr eine Reaktion auf den ihren handle) und prüfe, ob er tatsächlich würdig sei, nun seinen Schwanz in ihren Körper zu stecken und nach ein paar Minuten abzuspritzen (länger dürfe es sowieso nicht dauern, denn das nerve und degradiere sie zu einem billigen Objekt, das sie sich weigere zu sein), denn notfalls nütze sie die langen Minuten, während der ihr selbsterklärter Lover sich an ihrer Klitoris abmühe, um ihn zu maßregeln und ihm seine Verfehlungen an den Kopf zu werfen (von dem sie dabei gerademal den dunklen Schopf sähe), schließlich sei er es, der etwas wolle, etwas von ihr wolle, wohlgemerkt, vielleicht sogar etwas Niedriges, wenn sie es recht überlege, und da gezieme es sich, die Karten offen auf den Tisch zu legen und vor den von ihr selbst aufgestellten (aber natürlich nicht genannten) Anforderungen zu bestehen, um sein Geschäft in aller Kürze verrichten zu dürfen, über ihr oder neben ihr, das bestimme sie dann, wenn es so weit wäre, jedoch müsse er sich das Küssen verbeißen, speziell so etwas Feuchtes und Ekliges wie einen Zungenkuss, der schon lange nicht mehr in ihr persönliches Repertoire gehöre, nein, den Ablauf erwarte sie zivilisierter, lachte sie auf, und wenn er nach ihrem erzüngelten Orgasmus ermatte und über sein schlaffes Glied verzweifle, wäre es ihr nur recht, wo doch der ewig schale Nachgeschmack ohnehin an ihr klebe, denn immerhin sei es die Frau, die aufstehen müsse, um sich den milchigen Schleim aus ihrer Scheide zu waschen.

überredet

Selbstverständlich gab ich nach, wie immer in solchen Situationen, denn bekanntlich werden Väter zwar in jeder Sekunde an ihre Pflichten erinnert, doch mitzureden, ganz egal, in welcher Beziehung, haben sie nichts, und wenn sie wider Erwarten Bedenken äußern, wie in diesem Fall, weil aus meiner Sicht ein Kind mit achtzehn Monaten noch zu jung ist, um in den Kindergarten zu gehen, was heißt »gehen«: abgeschoben zu werden, dann gilt das als persönliche Spinnerei, als ein Spleen, den ich mir tunlichst abzuschminken hätte in dieser Welt der Mütter, die quasi *per definitionem* deutlich mehr von der bewussten Materie verstünden als ein männliches Wesen, das wisse man ja, bekomme ich dann zu hören, weil es in jeder Zeitschrift geschrieben stehe, und sogar die Kinderpsychologie habe sich inzwischen – natürlich zu Recht, wie behauptet wird – auf die Seite der Frauen geschlagen, und deshalb erweise sich meine Skepsis als völlig kontraproduktiv, als eine Hürde, die ganz unerwartet in der Zielgerade auftauche, aber das sei wiederum ganz typisch, heißt es dann, denn zuerst klagten wir über die hohen Kosten im Falle einer Trennung und danach erwiesen wir uns als völlig ahnungslos, wenn es um die Zukunft eines Kindes geht, um sein Wohlergehen und den Verlauf seines weiteren Lebens, aber ich lenkte ja ein, um mir ein tieferes Zerwürfnis zu ersparen, denn es hatte keinen Sinn, wenn ich meinen Kopf durchsetzte und jeder – das heißt: jede, nämlich alle Mütter, die mich kennen – mit mir haderte und tagtäglich auf meine pädagogischen Unzulänglichkeiten hinwiese, ich stellte mich also darauf ein, meinen kleinen Sohn morgens abzuliefern, seinen Blick, sein Greifen nach mir und sein Weinen zu ignorieren, und wenn er am Nachmittag, so wir wieder beisammen sind, aggressiv wird, werde ich mir nichts dabei denken, denn ich bin derjenige – der Vater nämlich –, der doch kraft der wissenschaftlichen Erkenntnisse in dieser absolut grundlegenden Frage immerzu falsch liegt.

unbedeutend

Ich rolle das Eis des Geschehens vor meine Tür, trachte den Eintritt zu versperren und begreife doch, dass mir die Entscheidung, Einblicke zu gewähren und Lebenswertes zu schützen, weder jetzt noch in Zukunft obliegt, und so fiebere ich den Lichtern entgegen, die jeweils am Ende des Abends erstrahlen, den Pfad meines Wandelns in Helligkeit tauchen, obwohl mir am Wegrand so oft die Augen zufallen, denn ich vermag nicht zu erspähen, was Zukünftiges birgt, vermag nicht zu erfühlen, weswegen die Uhren der Geschichte verkehrt gehen, und verfalle ins Grübeln, bedaure die angestaute Schuld, die sich aus Vorwürfen ergibt, aus Vorwürfen, welche ganz allein meinem Dasein zugeeignet wurden und nicht meinem Tun, welches mir zwar keine vergnüglichen Reisen beschert, aber doch einen gewissen Reichtum an Eindrücken, die ich so liebend gern verinnerliche, ins Arsenal der Erinnerung lege und manchmal, wenn mir der Sinn danach steht, hervorhole und betrachte, um mir zu vergegenwärtigen, was es eigentlich heißt, die Entwicklung einer Kultur mitzuerleben, tagtäglich ihren Fortschritt zu begleiten und eine Stimme zu pflegen, die zu erheben im Handumdrehen zur Pflicht verkommt, wenn man nicht richtig aufpasst, indes gestehe ich durchaus ein, dass eine Überschätzung des Leistbaren nur selten offenkundig wird und ich daher keine arglosen Schlüsse ziehen möchte, ohne beide Füße mindestens bis zu den Knöcheln ins Öl ohnehin losgetretener Abläufe getaucht zu haben, ich verstecke mich nur ungern auf einem Standpunkt, der den Ehrenplatz im sprichwörtlichen Elfenbeinturm verdient, gebe aber zu bedenken, dass sogar Umstürze in der Vergangenheit zwar mehrheitlich aus großartigen Ideen resultierten, indes eher der Misanthropie zu ungeahnten Aufschwüngen verhalfen, und deshalb kehre ich noch einmal zu meiner Tür zurück, drücke die Klinke hinunter, um frische Luft hereinzulassen, trete dann beiseite und ergebe ich mich dem Wimpernschlag der Zeit.

unerwünscht

Niemals werde sie verstehen, wie Männer derart naiv sein können, wenn sie tatsächlich nicht begreifen, worum es eigentlich geht, dass es sich nämlich um eine männliche (und somit verwerfliche) Domäne handle und aus diesem Grund, und dafür stehe sie jederzeit ein, von allen Schichten der Gesellschaft mit entschiedener Vehemenz eine Kriminalisierung des Freiertums verlangt werden müsse, hier sei die Regierung gefordert, endlich aktiv zu werden und das Tabuthema (denn über ein solches sprächen wir jetzt wohl) aufzugreifen und schleunigst nach zeitgemäßen Lösungen zu suchen und diese umzusetzen, um solcherart Umtriebe nicht nur einzudämmen, sondern effizient zu verhindern, das heißt, gleich an der Wurzel zu packen und entschlossen auszureißen, damit es nicht wieder vorkomme, dass Frauen auf eine solche Weise erniedrigt würden, indem sie nämlich (und bei diesem Gedanken komme ihr nahezu das Kotzen) ihren eigenen Körper verkaufen und sich als Prostituierte auf die Straße stellen, wo kämen wir außerdem hin, wenn immer nur den Dirnen die Schuld an ihrem Gewerbe zugeschanzt werde, schließlich beginne die gesamte Kette der Unseligkeiten beim Mann und nur beim Mann, also müsse dieser bestraft werden, sie meine, der Mann solle sich seine Hormone sonst wo hin- und nicht seinen Schwanz in die Frau stecken und überdies nicht unaufhörlich mit geradezu schmerzhaft dämlichen Argumenten wie unglücklicher Beziehung und vorgeblich traurigem Sexualleben antanzen, es gehe hier immerhin um die Würde der Frau und nicht um den (fragwürdigen) Trieb des Mannes, sie wiederhole dies bei jedem Vortrag und stehe jederzeit gern für weiterführende Diskussionen zur Verfügung, weil es doch, davon sei sie seit Langem überzeugt, im Kern darum gehe, das Leben (oh ja, nämlich das der Frauen) auf Erden zu verbessern und aus den Fängen der Männer, die auf ihre heimtückische Art vorgeben, im Testosteron zu ersaufen, herauszulösen, sie plädiere also dafür, am besten noch heute eine Bürgerinitiative ins Leben zu rufen, die darauf abziele, im Parlament endlich eine notwendige rechtliche Grundlage zu schaffen, die es erlaube, Freier endgültig abzuschaffen.

unverhohlen

Die Sonne blinzelte über das Bergmassiv, und das Gedonner der Lenkbomben verklang in der Morgenhelle, als der Marine die Lippen auseinanderzog und makellos weiße und bereits in der Jugend spangenbegradigte Zähne hervorblitzen ließ, ja sie regelrecht fletschte, mit dem tätowierten Arm auf den Hamburger zeigte, den er auf der Panzerkette abgelegt hatte und dessen Ketchup zähflüssig auf das Metall troff, zögernd herunterrann und sich im Gefüge der mechanischen Teile verfing, und mit dem Sturmgewehr in der anderen Hand kleinkreisende Bewegungen vollführte, die der halb nackte Mann, dessen Turbantuch aufgelöst und verdreckt auf dem sandigen Boden lag und lediglich vom Wind an mehreren Stellen bewegt wurde, aus den Augenwinkeln heraus mit beinahe angehaltenem Atem verfolgte, nachdem er das kleinformatige Buch mit der kunstvoll zierenden Titelbeschriftung, die den Soldaten nichts sagte, obwohl sie meinten, eines der Buchstabengeschnörksel, das über eine zusätzliche Zeile am Kopf des Einbandes lief, schon irgendwo einmal gesehen zu haben, auf den Befehl in der ihm fremden Sprache in hohem Bogen ins felsige Geröll geworfen hatte.

unversehens

Am Beginn, ich weiß es ganz genau, da wich ich deinem Blick wiederholt aus, versuchte geradezu unbeteiligt zu erscheinen und tat, als gehörte alles, jedes Nicken, jedes Zwinkern, auch wenn es unbeabsichtigt war, zur ganz natürlichen Szenerie (was vermutlich der Realität entspricht), und dass dieser Blick, über den ich mich, im Grunde, ohne es zu merken, wie ein Kind freute und den ich, so geboten mir Anstand und die äußere Rollenverteilung, nicht als einen persönlichen werten durfte, dass dieser Blick in mich eindrang und dort etwas bewegte, wurde mir erst viel später bewusst, als wir uns nämlich am Restauranttisch, wohlweislich in der Gesellschaft der andern, in unser ganz privates Gespräch vertieften und ich Dinge von mir verriet, die ich sonst frühestens nach Wochen einer bereits gewachsenen Vertrautheit zu sagen bereit bin, oder vielleicht fiel mir meine Veränderung sogar noch später auf, als wir uns alle trennten, verabschiedeten für diese eine Nacht, doch am Ende war es dein Blick, der mich nächtens buchstäblich im Bett von der einen Seite auf die andere wälzen ließ, mich wiederholt aus dem Schlaf riss und Träumereien in meinen Kopf spukte, die zwar jeder vernünftigen Grundlage entbehrten, aber Sehnsucht weckten, eine unaufhörlich nagende Sehnsucht, die mich, wenn ich die Augen schließe, nach deinem Haar tasten lässt, nach den Locken, die gleich einem großartigen Wasserfall über deine Schultern perlen, und wenn ich mich darauf konzentriere, dann habe ich selbst das Parfum deiner Haut in der Nase.

ursprünglich

Du lehntest dich zurück und holtest aus, mit
Worten, die trafen, tief und schmerzhaft, gegen
das Leben gerichtet, das ich führte, das wir alle
führten und an dem du, als Student in unserem
Land, sogar teilhattest, wir alle, sagtest du,
pressten euch aus, nähmen euch weg, was euch
folglich zum Überleben fehlte, und jedes Mal,
wenn ein muslimisches Land mit dem Westen
verbündet auftrat, führte Erpressung Regie,
politisch und wirtschaftlich, gesteuert von uns,
die wir euch in Schach hielten, um unser eigenes Leben zu leben, die feinen Produkte zu kaufen, die wir in unseren Märkten und Kaufhäu-
sern feilboten, wir raubten euch Grundstoffe,
die Früchte der Äcker und eurer Arbeit, fügten
es unserem Reichtum hinzu und verhinderten
erfolgreich, dass auch ihr aus unserer Wohlfahrt
oder dem Fortschritt Nutzen zöget, ich saß dir
gegenüber und wusste keine Antwort, fühlte
zwar im Innern, dass deine Anschuldigungen
nicht zutrafen, indes prasselten sie völlig unerwartet wie ein Hagel spitzfindiger und plausibel
erscheinender Beweise auf mich, vermeintliche
Beweise, die mich verstummen ließen und, auch
aufgrund der engen Freundschaft, die zwischen
uns bestand, insgeheim aufforderten, den Dingen auf den Grund zu gehen, nachzuforschen,
was davon real blieb und was schimärisch, und

so ließ ich dich reden, fühlte mich fasziniert und verstört zugleich, als du irgendetwas vom Vorteil der Wissenschaften erwähntest, davon, dass unsere Kultur die eure lediglich in technischer Hinsicht überholt, überrumpelt und in der Folge militärisch in die Knie gezwungen hätte, ohne ihr geistig jemals auch nur nahe gekommen zu sein, doch von der jahrhundertelangen Zersplitterung, dem osmanischen Joch, dem fehlenden Individualismus, den ich für bedeutende Erfolge unerlässlich wähnte, von Despotie, Bevölkerungsexplosion und Misswirtschaft, die ich zaghaft aufzählte, von alledem wolltest du nichts wissen, du wiesest mich stattdessen in das Dunkel steriler Vergangenheit, die niemanden etwas anginge, und meintest, im heiligen Buch wäre ohnehin schon alles aufgeschrieben, unter anderem auch, dass ihr sowieso eines Tages die Macht übernehmen würdet.

verantwortlich

Dazu führte ich ins Feld, dass eine Jahreszahl allein wohl kein ernsthaftes Kriterium darstelle, auch nicht eine runde Zahl wie diese, und wenn es schon darum ging, von einem Jahrhundert ins nächste zu gleiten, dann dürften die inzwischen tief verwurzelten Ursprünge keinesfalls vergessen werden, erklärte ich, es gehe nicht an, jetzt plötzlich alle Zähler auf null zu stellen, jedwede Verantwortung für vergangenes Unrecht abzustreifen und gefochtene Kriege zu vergessen, indes biete sich ein Neubeginn, als welcher der Sprung ins neue Jahrhundert wohl gelte, in exzellenter Weise an, die bisherigen Abläufe zu überdenken, bereits losgetretene Prozesse kritisch zu betrachten und entsprechende Schlüsse aus den Prüfergebnissen zu ziehen, die aber wiederum in geeigneter Weise eingebracht werden müssten, um die Qualität unserer Entscheidungen zu verbessern, aus den in der Vergangenheit gemachten Fehlschlüssen zu lernen und, kurz gesagt, unseren Kindern eines Tages eine reifere Welt zu hinterlassen, zumindest aber, und darauf beharrte ich unnachgiebig, eine, die nicht schlechter oder anderweitig beschädigt wäre, und ich argumentierte versöhnlich, dass sich eine Jahrhundertfeier als geeigneter Anlass böte, die Intentionen, die es in den nächsten Jahrzehnten unter Aufwendung aller politischer und gesellschaftlicher Ressourcen umzusetzen gelte, einer breiten Öffentlichkeit vorzustellen und so die Bevölkerung rasch für ein fruchtbares und nachhaltiges Geschichtsbewusstsein zu sensibilisieren.

verbunden

Die Fassade erinnerte an das Maul eines Dra-
chen (*la boca del dragó*), ich brauchte nicht
einmal die Augen zukneifen, um es zu sehen,
und blieb noch eine Weile stehen, um den Anblick zu genießen, ich versuchte den Straßen-
lärm zu ignorieren und sah hoch, auf die bizarre
Gestaltung der Balkongitter und die einzeln in
den Verputz gesetzten bunten Steine, derweil
ich spielerisch in dem Buch blätterte, das ich
gestern gekauft und heute fast ausgelesen hatte, ich empfand die anhaltende Empörung über
das Gedruckte (*perquè la política em decep de
nou*), ich sinnierte, dass ich die Stadt, wenn
meine Verpflichtungen etwas anders gefallen
wären, anlässlich der olympischen Spiele vor ein
paar Jahren ebenfalls besucht hätte, genau zu
jener Zeit also, zu der Menschen, die offen ihre
Sympathie für eine Unabhängigkeit dieses Landes ausgesprochen hatten (*que ja em sembla
necessària si volem que la cultura sobrevisqui*),
überraschend von der Straße weg inhaftiert und
gefoltert wurden, ja, tatsächlich gefoltert, in
einem modernen europäischen Staat, der noch
dazu damals von Sozialisten regiert wurde, welche ihre Vergangenheit im Bürgerkrieg eigentlich mit den Katalanen teilen – aber das spielte
anscheinend keine Rolle; seit den beschämenden
Vorfällen waren mehr als zehn Jahre vergangen,

der Europäische Gerichtshof für Menschenrechte hatte Madrid für die Folterungen zu Bußzahlungen verurteilt, doch es gab noch immer keine Souveränität, und obwohl die Landessprache zehn Millionen Sprecher hatte (*que és molt més que als estats petits*), genoss sie keinerlei offiziellen Status in der Europäischen Union, was mir im Grunde egal sein konnte, solange ich meine Bücher erhielt, allerdings wurmte es mich, wenn dann Politiker in anderen Ländern und insbesondere in meiner Heimat über den angeblich unabwendbaren Untergang der hiesigen Kultur unkten und dafür von ein paar Verrückten Beifall erhielten, und so brannte die Geschichte der Folterungen doppelt in meinem Innern und zeigte Aussagen, die ich früher stets als überzogen abgetan hatte, in einem neuen Licht, bestärkte meinen Wunsch, noch öfter als bisher anzureisen, um nicht nur die grandiose Architektur auf dem *Passeig de Gràcia* zu betrachten, sondern auch DVDs und Zeitschriften zu erwerben sowie am inoffiziellen Nationalfeiertag im April (*que recentment ha esdevingut la diada mundial del llibre*) die katalanischen Schriftsteller auf der Rambla zu treffen, vor allem aber, und das war mir bei Weitem das Wichtigste, mich in ein Lokal am Meer zu setzen, einen großen Teller *amanida* mit *pa amb tomàquet* als Vorspeise zu essen und gemeinsam mit den Einheimischen schweigend die salzige Luft einzuatmen.

verfressen

Hatte sie tatsächlich ein angenehmes Blitzen in seinen Augen gesehen, eines, das ihr keine Furcht einflößte, sondern ganz im Gegenteil ihr Interesse herausforderte, ein drängendes Begehren schuf, das sie alle mühsam erlernten Regeln mit einem Schlag missachten und vergessen ließ, spielte es wirklich keine Rolle, dass sie noch am Vorabend geschworen hatte, niemals wieder einem Mann nachzugeben, sich von seinen Worten einlullen zu lassen und auf seinen zugegeben aufregend heißen Wunsch einzugehen, ihre Haut zuerst mit den Fingerkuppen und danach mit den Lippen zu betasten, zu berühren, zu liebkosen, lag es etwa an ihrer Wankelmütigkeit, an der unverhohlenen Gier nach den winzigen Stimulationen und Erregungen verhaltener Gespräche und deren unmittelbaren Folgen, dass sie an ein Fortgleiten dachte, an ein Voranschwimmen im Strudel der alltäglichen Wirrnisse, besaß sie in der Tat ein Gespür für das lodernde Züngeln eines Verlangens und die einladenden Gesten, die sich zwar nur versteckt abzeichneten, aber gewiss real waren, und stand ihr der Sinn nach einem neuen Risiko, einem ungeahnten Wagnis, das sie schon wieder, gerade jetzt, und wie es aussah, auch zukünftig, von den Wolken, die in ihren Träumen schwebten, herunterzerrte und an die Kandare rahm, obwohl ihr Gegenüber nun den Kopf schräg legte, ein abgründiges Grinsen aufsetzte, ihr lange in die Augen sah und schließlich, so, als hätte er lange darüber nachgedacht und die Vorgangsweise für adäquat befunden, die gespitzte Zunge entgegenstreckte?

versessen

Eine offene Tür, sagte er, eine offene Tür, die jedermann einlud, sogar jene, die sich entschieden, ihr den Rücken zu kehren, bevor sie noch eingetreten waren, aber er, er hatte die Gelegenheit am Schopf gepackt, und hier stand er nun, erwartungsvoll und risikobereit, wie man ihn kannte, er versuchte sich nicht der Lockung zu entziehen, und dass die ersten Schritte fehlgeleitet waren, dafür konnte er nichts, aus den Schnitzern der Vergangenheit wollte er schließlich lernen, aber dazu benötigte er neue Gelegenheiten, Möglichkeiten, von denen er diesmal profitieren wollte, Verheißungen, die er nun mit all seiner Kraft festzuhalten und zu vereinnahmen gedachte, sodass niemand ihm wegnehmen konnte, wofür er sich entschieden hatte, so klang sein Credo und das wollte er behalten, um sich nicht aufgrund einer auffälligen Wankelmütigkeit bei andern lächerlich zu machen, daher gab er schon jetzt bekannt, von Neuem durch das geöffnete Tor zu steigen (es war nämlich, zumindest vom optischen Eindruck her, gewachsen, während er die ersten Versuche gestartet und in der Folge gerechtfertigt hatte), und wer sich ihm anschließen wollte, aus Vertrauen oder Irrsinn, den würde er bereitwillig an der Hand nehmen.

vorbildlich

Ein ungemein erhebendes Gefühl und natürlich
ein mediales Ereignis, frohlockte er, auf das die
Staatengemeinschaft im Grunde schon lange
gewartet hat, obwohl keineswegs mit einem
solch grandiosen Einlenken zu rechnen war, das
im Grunde eher einem Vorstoß entspreche, denn
die Außenministerin befinde sich in einem fremden Land, sozusagen auf der anderen Seite des
Globus, und es war keineswegs abzusehen, dass
sie die Initiative ergreifen würde, um aller Welt zu
verkünden, dass zukünftig amerikanische Staats-
bürger auch außerhalb der Vereinigten Staaten
menschenrechtliche Grundsätze und das Völker-
recht zu respektieren und einzuhalten hätten,
dass also diese Verpflichtung nie mehr wieder
auf amerikanisches Territorium beschränkt sei,
weil dies in der Vergangenheit immer wieder für
Verstimmung unter den Verbündeten gesorgt
hätte, ja tatsächlich, erläuterte er und wog be-
deutungsvoll die Stirn, tatsächlich sei dies eine
der großartigsten Entwicklungen der letzten
Jahre, eine Erklärung, die sich für eine Nation
gezieme, die als Kernland der Demokratie gilt
und jederzeit für Friede und Gerechtigkeit ein-
steht, eine Nation, die sich das Verfechten der
Menschenrechte auf die Flagge geheftet hat
und nun einen weiteren Schritt in eine wunder-
volle Zukunft setzt, schloss er und atmete tief

ein, seufzte und schüttelte langsam den Kopf, dann knipste er das Mikrofon aus, seufzte abermals und ergänzte in einem gleichsam veränderten Tonfall, dass er in den Raum stelle, ob diese Verpflichtung, die, allein weil sie neu ist, bereits zu einer skandalösen gerät, jetzt tatsächlich nur für Amerikaner gelte, denn schließlich habe die Wirtschaftsmacht Nummer Eins noch niemals ein Problem gehabt, Angehörige anderer Staaten nebst deren Regierungen für ihre Zwecke einzuspannen, ob es denn nicht so ist, dass beim Anheften der Menschenrechte auf die Flagge versehentlich ein Heftbolzen mitten in deren Herz drang und sie zu papierenem Getue degradierte, er frage sich allmählich, ob er tatsächlich gehört habe, was die Zeitungen allerorts drucken, oder ob er nicht vielmehr unter dem Eindruck eines ganz fürchterlichen Alptraums stehe.

vorsichtig

Nicht genug, dass nun ein zentimeterlanger Riss seine Nase zierte, genau an der Spitze, wo nun jeder, den er traf, verblüfft hinsah, musste er jeden Abend damit rechnen, die Wohnungstür nicht mehr aufzubringen, weil das Schloss getauscht war, er traute sich kaum mehr heim und geriet schon Stunden vorher in einen panikähnlichen Zustand, der ihm die Kehle zuschnürte und allen Bewegungen eine gewisse Fahrigkeit verlieh, doch obwohl er, so glaubte er, in manchen Augenblicken ganz dicht davorstand, etwas Unüberlegtes zu tun, hielt er sich mit aller Kraft zurück, verstummte flugs, zog den Kopf quasi auf Schulterhöhe ein und schluckte Gram und Empörung ohne zu beißen hinunter, er trat wieder ins Haus oder ins Nebenzimmer, versuchte möglichst wenig bei ihr anzuecken und kein zusätzliches Gezeter heraufzubeschwören, um schließlich seinen Sohn in die Arme zu nehmen, denn er wusste nie, wann dies zum letzten Mal geschähe.

wechselhaft

Trotz der eben erst in Ruhe genossenen Son-
nenstrahlen sah alles bewölkt aus, als ich den
Artikel der Juristin las und in der Spalte dane-
ben, deutlich abgehoben, ein Zitat ihrer Worte,
das klipp und klar festhielt, wie es sich verhielt
(womit ich ihre Aussage für erschütternd hielt),
schließlich hätte sie nicht nur als Rechtsanwältin
Zugang zu der strittigen Materie, sondern auch
als Frau, und es sei nun einmal eine (unumstöß-
liche) Tatsache, erklärte sie, dass Kinder primär
an der Mutter hingen, das ließe sich nicht hin-
wegdiskutieren und bilde die natürliche Wurzel
der üblichen Richtersprüche, das Kind bei der
Scheidung in die alleinige Obhut der Mütter zu
legen, während die Väter regelrecht weggelegt
und als unmündige Bankomaten (oder besser:
Füllhörner) abgelegt würden, außerdem, fügte sie
hinzu, ginge es dabei ja keineswegs um eine
Ideologie, sondern um ein genuines Verhalten
des Kindes, und ich schloss die Zeitung und
blickte auf die dunklen Wolken hinaus, empfand
meinen Groll als kalt nagenden Schmerz der
Ohnmacht und misstraute den Erinnerungen an
die vehementen Argumente einiger sogenannter
Feministinnen, der Mann (als Vertreter seines
Geschlechts) könne sich nicht aus der Affäre
stehlen, indem er auf eine angeblich von Natur
aus stärkere Bindung zwischen Mutter und Kind

verwiese, denn die Erkenntnisse der Psychologie lehrten uns, dass die Sache mit der Natürlichkeit völliger Quatsch und nämlich alles anerzogen wäre (was ich tatsächlich bei meinem Sohn, der klar zu mir tendierte, zu erleben vermeinte), wodurch auch die Männer die Hälfte der Verantwortung (was immer man darunter verstünde) zu übernehmen hätten, also lehnte ich mich zurück und schloss für ein paar (vielleicht zu wenige) Minuten die Augen, überlegte und fragte mich, wie wohl andere Männer, die ihre Kinder durch die Scheidung verloren hatten, es schafften, mit dieser Auslöschung in ihrem Leben fertigzuwerden, und bemerkte mit einem Blick zum Fenster, dass es bald zu regnen beginnen wollte.

welk

Im Licht des hereinfallenden Morgens drehte der Alte die Hand, besah verwundert das Gelenk und den Handrücken, mit den Fingern betupfte er die Haut, berührte jeden einzelnen der bräunlichen Flecken, gewissermaßen ungläubig und nachdenklich zugleich, er schüttelte den Kopf und ein undefinierbarer Laut, ein Grunzen, das eigentlich als Seufzen gemeint war, entschlüpfte der Kehle; bedächtig stapfte der Alte hinaus, verließ das Wohnzimmer, begab sich draußen ins Bad und öffnete den Wasserhahn, behutsam die Temperatur prüfend, um dann den Handrücken unter den Strahl zu halten, doch gleich darauf zog er ihn zurück, pappte einen dicken Tropfen Flüssigseife darauf und verrieb ihn mit kreisenden Bewegungen; die Flecken blieben indes auf ihrem Platz, er rieb daher rascher und heftiger, probierte danach dieselbe Prozedur auf der anderen Hand aus, bemerkte bald die Erfolglosigkeit seines Tuns und schaute in den Spiegel, worin die Lippen eines Greises zitterten und eine Träne über die Backe lief, auch im Gesicht sprossen die Flecken, braun, manche schwarz, klein und zahlreich, wie Pilze, die einen abgestorbenen Stamm verklebten, und er senkte den Blick, ribbelte die Handflächen aneinander, immerzu danach trachtend, die Flecken, diese unansehnlichen Kleckse, die er aus

den Augen haben wollte, loszuwerden, sie abzu-
schrubben und wegzuwaschen; sein Atem be-
schleunigte, als er schneller und schneller, geradezu hektisch rieb, schließlich einen Wasch-
lappen vom Beckenrand nahm und mit Nachdruck über den einen Handrücken fuhr, doch
augenblicklich stieß er einen Schmerzenslaut
aus, bemerkte ermüdet neue Färbungen, rote
Flächen und juckende Punkte, es waren Verwundungen, die nicht mehr verschwinden würden, Verwundungen, die, wie er allmählich gewahrte, fürchterlich brannten, ebenso wie die
Verletzungen, welche die bräunlichen Flecken
an seiner Seele verursachten.

wolkig

Noch ein paar Minuten und er führe die Aufgabe zu Ende, wie ausgemacht, denn er habe einen Ruf zu verlieren und setze daher alles Erdenkliche in Bewegung, um das Geforderte umzusetzen und die Erwartungen der Vorgesetzten zu erfüllen, sogar wenn, wie längst üblich, der Abend geopfert werden müsse, da die gemäß Arbeitszeitgesetz zur Verfügung stehenden Stunden beileibe nicht ausreichten und deshalb, natürlich mit Wissen des Betriebsrates, der sich schließlich auch den wirtschaftlichen Notwendigkeiten des Unternehmens unterzuordnen habe, der Tag quasi verlängert werde, um die im Projekt anfallenden Tätigkeiten einigermaßen zu erledigen, also gebe er noch ein paar Minuten drauf und beschwere sich nicht über die gewissermaßen schwierige Lage des Arbeitsmarktes, denn letztendlich müssten alle den Gürtel enger schnallen und auf vieles verzichten – zugegeben, vielleicht mit Ausnahme des Spitzenmanagements und der Aktionäre –, stets in der Gewissheit, einen wertvollen Beitrag für das Weiterbestehen der so traditionsreichen Firma und folglich des eigenen Arbeitsplatzes zu leisten, da solle keiner das zeitweise Schnaufen oder Pfeifen beachten, das sich in seiner Atmung bemerkbar mache, immerhin wisse er, dass dies eine natürliche Reaktion von Körper und Stoff-

wechsel darstelle, das habe ihm der Betriebs-
arzt erklärt, um die in den letzten Monaten auf-
flackernden Zweifel zu bekämpfen, was tatsächlich grandios gelang, also ziehe er lieber den
Kopf ein und kümmere sich darum, dass die
Kalkulation stimme und wichtige Mails hinaus-
gingen, damit gleich morgen – und manche Kol-
legen begännen schon um sechs – mit voller
Kraft weitergearbeitet und dem geradezu kör-
perlich fühlbaren Druck begegnet werde, um
auch in Zukunft und langfristig Wohlfahrt und
Status zu bewahren und zu mehren – auch wenn
dies auf den ersten Blick doch nur sehr wenige
Personen beträfe –, ja, noch ein paar Minuten
und er könne mit dem heute erledigten Pensum
vollauf zufrieden sein und, einmal daheim, seine
Tochter, sofern sie noch nicht schlafe, mit dieser leisen, inzwischen sehr typischen, Sehnsucht in der Stimme fragen, ob sie, im Gegensatz zu ihm, heute schon die Sonne geschaut
hätte.

xenophil

Er habe ja immer schon darauf hingewiesen, aber das komme eben davon, dass man ihm nicht genau zuhöre beziehungsweise ihn so oft missverstehe, denn es sei doch gar keine Frage, eine bestimmte Gruppe von Personen zu verunglimpfen, ganz im Gegenteil, wenn es um die Türken in unserm Land gehe, rief er, handle es sich normalerweise um fleißige Leute, immerhin lebten mehrere hunderttausend in unserem Vaterland und er kenne sie wie gesagt als fleißig und anständig, also quasi als Stammwähler seiner Partei, und den Zwischenrufen seiner politischen Gegner könne er gar nichts abgewinnen, man sehe sich doch einmal die Statistiken an, außerdem, was habe denn eine Staatsbürgerschaft mit der Nationalität zu tun, es seien eben mehrere hunderttausend, und ein Türke bleibe immer ein Türke, aber ein fleißiger Türke, da habe er gar nichts daran auszusetzen, denn solche Arbeiter brauche das Land, freilich, ihre Großfamilien sollten schon in Anatolien verbleiben, das wäre schließlich ihre Heimat, aber die Türken im Land seien wertvolle Mitglieder der Gesellschaft und vor allem wichtige Wähler – so ein Quatsch, das mit dem Ausländerwahlrecht, er meine doch die Hunderttausenden, die ohnehin wählen dürften –, da sollen sich die selbsternannten Kritiker einmal anschauen, wer sich in

diesem Staate tatsächlich als Ausgrenzer auf-
spiele, aber er, beschwor er mit breitem Grinsen
und hob den Zeigefinger, verkünde es noch
einmal in aller Öffentlichkeit und mit aller Deut-
lichkeit, dass nämlich jeder Türke, der sich unserer Gesellschaft entsprechend unterordne,
auf die Unterstützung durch seine Partei zählen
könne, ja er selbst stünde schließlich mit seiner
ganzen Persönlichkeit für die Anliegen des kleinen Mannes, das habe er auch in der Vergangenheit gesagt, und er werde nicht müde, es zu
wiederholen, schließlich gehe es jetzt darum,
ganz klar festzuhalten, dass diese Leute da
nichts anderes als fleißige Menschen seien.

yuppig

Mit zwei Fingern nestelte er das Handy aus der Sakkotasche, prüfte zuerst das Display, nickte dann unmerklich als Zeichen der Zustimmung, betätigte eine Taste und hielt das Telefon vors Ohr, um mit einer dünnen, langgezogenen Stimme Hallo zu sagen, ins winzige Mikrofon zu säuseln und zwei Minuten später mit einem abgründigen Lächeln aufzulegen, er bugsierte das Fon auf den Tisch, zwischen Notebook und Finanzblatt, murmelte etwas von seinem Baby und wandte sich dem Gesprächspartner zu, der nahezu identisch gekleidet war, Anzug, Schlips und Designerschuhe, und sogar der Haarschnitt schien vom selben Frisör zu stammen, er betonte, dass er Bluetooth für eine Modeerscheinung halte und keinen Deut auf seine Durchsetzungskraft gebe, doch als ein As im Ärmel empfinde er den vergangene Woche aufgerissenen Kontakt nach Korea, spüre es quasi im Urin, dass die Burschen dort drüben nicht nur etwas auf die Beine stellen könnten, sondern ausreichend Facts liefern würden, damit sie beide das Business gründlich aufmischten, und am besten, teilte er mit, schickte er ihm gleich das File mit allen Infos, die Card sei ja schon drin, und er müsse noch seine Disk durchforsten, um das Manual auszugraben, über das sie gesprochen hatten, dann lachte er auf, als sein Gegenüber ein Buch aus der Tasche kramte, schüttelte den Kopf und rief, so etwas Altmodisches hätte er längst aus seiner Wohnung verbannt, denn immerhin, witzelte er, würde ja sogar das Notebook immer falsch geschrieben, denn eigentlich hieße es *Notbook*, also ohne e, und er selbst sei der lebende Beweis dafür, und im Übrigen glaube er, um gleich einmal das Thema zu wechseln, dass heute keinesfalls ein Squash-Abend angesagt sei, daher werde er ausnahmsweise mal dem schon lange deponierten Wunsch des Schwiegerpapas nachgeben und mit ihm zum Golfen fahren.

zeitig

Das bleibt so, rief sie, mit einem bedrohlichen
Ton der Entrüstung in der Stimme, und wies mit
ausgestrecktem Arm auf die Wanduhr, deren
Minutenzeiger, wie schon in den letzten Tagen,
um sechs oder sieben Minuten vorging, sie nickte übertrieben betont, um ihre Worte zu unter-
streichen, und erklärte, wie wichtig ihr die (ich
meine: falsche) Zeitangabe sei, da sie immerzu
Angst habe, zu spät zu ihren Terminen zu kommen, und fegte damit meine eigenen Argumente
automatisch zu Boden, denn ich verlor jedes
Zeitgefühl und geriet rasch in Panik, wenn ich
glaubte, nun ebenfalls verspätet zu sein; sie
stellte sich indes mit verschränkten Armen vor
mich, fügte noch hinzu, dass für die Küchenuhr
dieselbe Regel gelte, ich aber auf keinen Fall
auch nur daran denken solle, eine zweite Uhr an
die Wand zu nageln, denn so etwas akzeptiere
sie niemals, ja nicht einmal ein kleiner, un-
scheinbarer Wecker wäre mir gestattet, denn
eine solche Vielzahl unterschiedlicher Zeitanzei-
gen trüge zwangsläufig zu noch größerer Ver-
wirrung bei.

zünftig

Erinnerung, sagten sie, Heimweh und mehr, etwas Trautes, Weiches, ein Anker, den ich jederzeit auswerfen könne, um dorthin zurückzukehren, woher ich gekommen, da genüge ein leises Wort, ein (verklärter) Blick und das Getute blecherner Hörner, sogar die Hüte strapazierten sie, verwiesen auf die geradezu weltbekannte Tradition des Gamsbarttragens und fegten den Einwand, der, bereit zum Absprung, auf meiner Zunge kauerte, schon im Vorhinein zu Boden, sodass ich die Lippen zusammenkniff und vermeinte, jede Papille einzeln säubern zu müssen, sie fingen sogar an, von der Tiefe der Seele zu schwafeln, vom Heimeligen, als ob sie verstünden, was denn darunter zu verstehen ist, sie erhöhten sich selbst zu moralisierenden Lehrmeistern, karrten immer mehr (fadenscheinige) Argumente heran und versuchten die meinen im Erwachen zu tilgen, es kam, wie es kommen musste, ich schnitt den Herrschaften kurzum das Wort ab, stand auf und floh in die Nacht, die schon immer mein schales Vergessen geduldet hat.

zyklisch

Das Schlimme, sagte er mit einem Zittern in der Stimme, ist diese Echtheit, diese plastischen Formen der Fluggeräte, ich habe das Gefühl, ich könnte sie angreifen, jeden einzelnen Jäger, und dann erst die Bomber, die etwas höher fliegen, unrealistisch ist höchstens, dass der ganze Himmel voll von ihnen ist, denn so wäre das nicht, in Wirklichkeit genügte ein einziges Flugzeug, so hoch, dass man es kaum mehr mit freiem Auge sähe, und eine entsprechende Lenkwaffe, die das Stadtzentrum ansteuerte und dann die Nuklearladung zündete, ich verkrieche mich dann immer in einem Keller, der wie der Keller eines Gemeindebaus aussieht, und rundherum ist alles so unwirklich still, ich weiß zwar, dass Menschen herumlaufen, eine regelrechte Panik ausgebrochen ist, weil nicht nur die Radionachrichten alle beunruhigten, sondern jeder bereits am Himmel sehen kann, was los ist, und doch hatte niemand mit einem Atomkrieg gerechnet, nicht so und nicht so massiv, die Zeit des Kalten Krieges ist doch vorbei, längst vorbei, und nur die Erinnerungen an diese Epoche vermögen solche Szenarien zu zeichnen, aber hierin haben wir uns alle getäuscht, die Angreifer sind da und ich erkenne in erster Linie amerikanische Flugzeuge, durchaus plausibel also, obwohl ich immer wieder denke, die müssten doch mit uns verbündet sein, aber der Krieg rollt an, und es wird ein Nuklearkrieg, wie ihn die Welt noch nie gesehen hat und von dem sie sich unter Umständen niemals erholen wird, aber vor allem werde ich diese Zeit nicht mehr miterleben, und so verstecke ich mich im Keller des Gemeindebaus, wohl wissend, wie lächerlich das ist und wie wenig Schutz er mir bietet, und nachdem ich aufgewacht bin, geht es mir schlecht, richtig dreckig fühle ich mich, der Kopf brummt, mir ist übel und ich bin nah am Heulen, trotz der Tatsache, dass es sich ja nur um einen Traum handelte, und ich denke, vielleicht ist es besser so – besser, der Krieg spielt sich in meinem Kopf ab und ich wache wieder auf, als umgekehrt, denn ich glaube, solange ich derartige Alpträume habe, wird es im realen Leben nicht passieren.

Inhaltsverzeichnis

Zum Autor

Klaus Ebner wurde 1964 in Wien geboren und lebt heute mit seiner Familie in Schwechat. In den 1980er Jahren studierte er Romanistik und Germanistik. Er schreibt kurze Prosa, Erzählungen, Romane und Essays, außerdem Lyrik auf Katalanisch und Deutsch.

Er erhielt den Wiener Werkstattpreis 2007, den Zweiten Preis beim »Kurzprosa-Wettbewerb« des Österr. Schriftsteller/innen/verbandes 2010 und den katalanischen Lyrikpreis Premi de Poesia Parc Taulí 2014.

Zum Buch

»Auf der Kippe« wurde erstmals 2008 vom oberösterreichischen Arovell-Verlag als Taschenbuch veröffentlicht. Diese Ausgabe ist seit Jahren vergriffen.
Für Apple iBooks war, anfänglich nur für iPads, dann auch für Macintosh-Computer, jahrelang eine elektronische Version verfügbar.

Cover der beiden früheren Ausgaben.

In der vorliegenden Ausgabe als Book on Demand wurden Fehler stillschweigend korrigiert.
Die vorliegende Buchausgabe ist gebunden, als Taschenbuch und als E-Buch für alle Plattformen erhältlich.

Ebenfalls erhältlich

»Wortspieler«, Essay, 2020
»Warum (... ich schreibe)«, Essay, 2020
»Physikstunde«, Erzählungen, 1985/2020
»Lose«, Kurzgeschichten, 2007/2019
»Hominide«, Erzählung, 2008/2016
»Blaus/Bläuen«, Lyrik kat./dt., 2015
»Ohne Gummi«, Prosa, 2013
»Andorranische Impressionen«, Essay, 2011
»Warum der Mückenschwarm ...«, Lyrik, 2011
»Dort und anderswo«, Essays, 2011
»Vermells/Röten«, Lyrik kat./dt., 2009

www.klausebner.eu